Era uma vez...
Contos gays da carochinha

Dados Internacionais de Catalogação na Publicação (CIP)
(Câmara Brasileira do Livro, SP, Brasil)

El-Jaick, Márcio
Era uma vez – : contos gays da carochinha / Márcio El-Jaick ; ilustrações de Marcio Baraldi. – São Paulo : Summus, 2001.

ISBN 85-86755-29-X

1. Contos brasileiros 2. Homossexualidade 3. Paródias brasileiras I. Título.

01-2724   CDD-869.93

Índice para catálogo sistemático:
1. Contos gays : Literatura brasileira   869.93

Compre em lugar de fotocopiar.
Cada real que você dá por um livro recompensa seus autores
e os convida a produzir mais sobre o tema;
incentiva seus editores a traduzir, encomendar e publicar
outras obras sobre o assunto;
e paga aos livreiros por estocar e levar até você livros
para a sua informação e entretenimento.
Cada real que você dá pela fotocópia não-autorizada de um livro
financia um crime
e ajuda a matar a produção intelectual.

Era uma vez...
Contos gays da carochinha

MÁRCIO EL-JAICK

ilustrações de
MARCIO BARALDI

Copyright © 2001 by Márcio Grillo El-Jaick
Direitos adquiridos por Summus Editorial Ltda.

Projeto gráfico e capa: **BVDA – Brasil Verde**
Editoração eletrônica: **Acqua Estúdio Gráfico**
Editora responsável: **Laura Bacellar**

Edições GLS
Rua Itapicuru, 613 cj. 72
05006-000 São Paulo SP
Fone (11) 3862-3530
e-mail: gls@edgls.com.br
http://www.edgls.com.br

Atendimento ao consumidor:
Summus Editorial Ltda.
Fone (11) 3865-9890

Vendas por atacado:
Fone (11) 3873-8638
Fax: (11) 3873-7085
e-mail: vendas@summus.com.br

Impresso no Brasil

Para Ana
e Ju

Desejo uma fotografia
como esta – o senhor vê? – como esta:
em que para sempre me ria
com um vestido de eterna festa.

Cecília Meireles

SUMÁRIO

14 de janeiro _____ 11

Era uma vez _____ 13

Inocêncio Nevasca e Sete Ayrões _____ 23

Pocarropas _____ 53

Mogli, Belo e as feras_____ 63

Os três lombinhos _____ 83

La Chapeleta Roja _____ 85

Convite _____ 115

Sobre o autor _____ 117

14 de janeiro

Cravei um "talvez" decisivo no fim do poema, plantei as sementes que João mandara pelo correio e descerrei as cortinas da sala para deixar o dia nascer.

Talvez não tenha dormido, mas acordei à tarde com o telefone tocando insistente: Yoko queria falar de vanguarda.

Depois do café preto e das torradas de centeio afundadas em geléia, liguei para a Rosemary, que só fez reclamar da gravidez difícil e do Roman. Arrependi-me só a conta de olhar para fora da janela.

Mais tarde, fui à horta ver crescerem os tomates e morangos. Reguei as hortaliças, colhi sete bons cogumelos e preparei um chá delicioso.

Falei: "Só quando me descuido penso no que é importante." Falei: "Às vezes, Deus fica tão pequeno, que nem vejo." Falei: "O risco de escorregar na escuridão me mantém alerta."

Era noite quando cheguei ao lago e beijei na boca o sapo verde prostrado na vitória-régia. Transformou-se ele no moreno lindo de roupa branca apertada, que de pronto se apresentou:

– Sou Querelle.

Fizemos amor – ah! a graça dos eufemismos – e me esqueci até das coisas inesquecíveis. Depois perguntei:
— Vamos viver juntos para sempre?
— Não posso – disse ele –, sou marinheiro e há oceanos a navegar.
— Filho-da-puta!
Voltei para casa e comecei a escrever.

Era uma vez

E o pai morreu. Assim. Pois é assim que se morre: de repente. Ontem estava aqui e, é bem verdade, falava pouco, mas falava. E hoje... Nada. Uma lembrança. Um resto de presença perdido na arrancada do Opala branco. No volante, Mercedez, a madrasta. No banco da frente, Augusto, o novo irmão – ah, um saco! – e ao lado, Aurélio, o outro: *my brother, mi hermano, mon frère*. Uma piada, enfim.

A casa paterna era um sobrado grande em Tijamonte. Isolada. Na pracinha principal, o salão de beleza que Mercedez gerenciava era ponto de encontro de uma fauna variada. Ruth era a manicure que olhava estranho para Daniel: de boca, olhos e pernas entreabertas. Eu, hein!

Mas aí aconteceu: o pai morreu e Mercedez pediu com toda gentileza ("Vamos, moleque, que estou com pressa!") para Daniel ajudar nos serviços do salão. Então o menino saía da escola direto para o trabalho, enquanto Augusto e Aurélio passavam a tarde no campo de futebol. *Sem problema*, pensou. *Jogar bola é mesmo uma droga.*

E o menino cresceu. Os olhos verdes aumentaram e ficaram mais verdes. O corpinho franzino ganhou formas inusitadas. E as meninas da cidade viravam a cabeça, mas olha aí: Daniel é rapaz trabalhador que não perde tempo com bobagem. E tome esfregar chão, varrer mecha de cabelo, lavar cabeça alheia, aprender isso e aquilo, então um cortezinho e outro. Era trabalho que não acabava. *Mas está bom*, pensava.

Os negócios iam bem e Mercedez aposentou o Opala. Agora rodava pela cidade num Fiat Uno com seu Jeremias, o açougueiro de Vila Vintém. Com a crescente freqüência dos encontros do casal, as atenções de Mercedez se desviaram de Daniel, que já não se via com tantos afazeres. E aí o menino teve tempo livre, que – Deus do céu! – pode trazer dor de cabeça. E Daniel deu de comprar revistas para passar o tempo. E eram tantas revistas lindas com meninas bonitas que vestiam cada roupa mais elegante que Daniel pensava até em namorar. Assim: de longe. Então.

Então um dia na banca do Antenor, aconteceu isso: Orlando. Os dois se viram e acharam estranho que se olhassem do mesmo modo, como se já se conhecessem.

– E aí? – perguntou Orlando.

E deram início a um papo sobre cortes de cabelo, vestidos e maquiagem, que levou a sérias controvérsias e discussões acirradas. Mas Orlando era filho do doutor Eno e precisava voltar para casa. Antes ainda convidou Daniel para a festa de quinze anos da irmã, Jovelina, que o pai já achava por bem desencalhar. E o primeiro dia terminou.

Augusto e Aurélio já tinham roupas novas para a festança mais badalada da cidade, e Mercedez chegou a mandar trazer um vestido azul-bebê da cidade grande. Não era para menos. Todo mundo sabia que Jovelina precisava de um namorado e a concorrência não era lá essas coisas. As chances dos filhos de Mercedez eram razoáveis e valia a pena investir.

Quanto a Daniel, não tinha roupa nova e já pensava em desistir de tudo quando entrou no salão um senhor com cerca de sessenta anos. Cada dedo sustentava um anel dourado. As pedras coloridas eram um afronte ao bom gosto, mas Daniel atendeu ao homem com todo respeito de menino bem-educado. Estacionado lá fora, o carrão branco que parecia de outro mundo.

Conforme cortava o cabelo do homem, a conversa rolou à vontade e os dois chegaram ao assunto do dia. Com muito cuidado – as paredes ali tinham ouvidos, e Ruth já entreabrira também as orelhas –, Daniel desfiou a breve história de amor impossível. Salomão disse "Não". E ainda arriscou umas notas em "Não pode mais meu coração viver assim dilacerado" antes de acrescentar:

– Deixa comigo.

Os dois foram para o carro de Salomão. O motorista era um rapaz de camiseta justa e músculos proeminentes chamado Julinho Desejo. Os dois pareciam bastante íntimos e haviam resolvido ajudar a tornar a noite do garoto um conto de fadas.

Da maletinha de couro indiscutivelmente ma-ra-vi-lho-sa que apresentava um dê, um & e um gê, Salomão retirou um terninho rosa. Os sapatos pretos e quadrados cintilavam e o indispensável gel de cabelo prometia fazer milagres, mesmo que não fosse necessário nos cabelos castanhos de Daniel.

– Mas você tem de usar – disse Salomão, com ares de profundo conhecedor. – Está escrito nos astros. Brilhe, querida afilhada. Mostre a que veio.

E foram-se os três. Antes de Daniel saltar, efusivo, Salomão avisou que esperaria até a meia-noite. Se não voltasse até então, teria de ir para casa de ônibus, que só voltava a circular às cinco.

– Sal, deixa disso.
– Estou falando sério, Dani.
– Tudo bem, à meia-noite estou aqui – disse e se foi. Para a noite. Para a festa. Para o que desse e viesse. Para Orlando. Para arrepiar. "Hoje eu quero a rosa mais linda que houver e a primeira estrela que tiver para enfeitar a noite do meu bem". E se foi, cantando. Para sempre. Até a meia-noite. Com Orlando. Com paz de criança dormindo.

No salão, a música parecia alta demais e os convidados falavam ainda mais alto. Os salgadinhos não estavam lá essas coisas, mas o vinho não era dos piores. Daniel pisou no salão no momento exato em que a banda disse "We'll take a break now", e todas as pessoas se viraram. Ahhhhhh, as meninas pareciam suspirar em uníssono. Mercedez logo se adiantou e repreendeu o menino por ter saído do trabalho tão cedo.

– Mas já são onze horas.
– Menino respondão. – E virou-se, correndo em direção aos filhos.

O desenrolar da carruagem: Augusto, Aurélio, Antônio Henrique (o filho do farmacêutico) e Tuca (o filho do prefeito) partiram para a briga pelo amor da pequena Jovelina, que, a certa altura, desceu de seus aposentos com a melhor amiga, Karina, e disse:

– Eu sou rebelde porque o mundo quis assim, porque nunca me trataram com amor e as pessoas se fecharam para mim.

De supetão, abraçou Karina, e as duas caíram num beijo fenomenal. Houve uns poucos desmaios, e o professor do liceu disse que a televisão e suas novidades são terríveis para a família, a moral e os bons costumes.

Então surgiu Orlando. Lindo. Assim: terninho rosa, sapatos pretos quadrados e gel nos cabelos castanhos crespos – igual a Daniel, mas o que se há de fazer? São, afinal, os ditames da moda.

A atração dos rapazes foi imediata. Ao que tudo indica, influenciados pela iniciativa das meninas, os dois se atracaram no meio do salão. Gal começou a cantar "Índia" na vitrola e os garotos fizeram uma coreografia indiscutivelmente belíssima. Não foram aplaudidos, mas pudera. Num outro lugar, tinham certeza de que sim. Pois.

Pois o relógio da matriz começou a dar as doze badaladas e Daniel saiu em disparada. Só deu tempo de dizer "Não é mais de sete reais na Arueba's", respondendo à pergunta de Orlando, que queria saber onde ele encontrava aquelas meias brancas felpudas. E saiu às pressas pela escadaria da casa do doutor Eno. Mas então aconteceu o que já se esperava: o sapato quadrado e preto do pé direito ficou num dos degraus. Daniel até considerou voltar, mas quando pensou em ir para casa de ônibus, seguiu adiante.

E chegou ao carro branco, onde Julinho Desejo e Salomão aguardavam enquanto seguiam as etapas de meditação de uma fita cassete. A voz morna da mulher enchia o carro com ordens do tipo "Sinta-se um ser de luz" e os dois respondiam com "Om". E a noite foi essa.

Dois dias se passaram antes que Orlando decidisse ir atrás do amado. Com o sapato na mão, o pobrezinho vinha comendo o pão que o diabo amassou, sofrendo imensa dor de cotovelo. Não entendia o porquê de Daniel ter saído tão de repente de seus braços. Na insegurança de adolescente, perguntava a si mesmo se teria sido alguma coisa que tinha feito. "Oh!", exclamava entre uma canção e outra de Piaf, que não abandonava a vitrola.

Era uma vez

Mas então decidiu-se por procurá-lo. Pediu à empregada que chamasse o motorista e foi se aprontar. Pedrão não levou mais de dez minutos para se apresentar nos aposentos.

— Papai vai precisar de seus serviços agora à tarde? — perguntou o pequeno Orlando.

E o serviçal já ia tirando a roupa e se deitando na cama do menino, que disse, irritado:

— Não é nada disso, Pedrão. Chega dessas brincadeiras. Quero o amor verdadeiro. Encontrei aquele que me fará feliz para todo o sempre. Vamos à casa dele.

O motorista saiu do quarto, mas antes ainda resmungou "esses veados" e disse: "Estou esperando em frente à casa". Orlando foi então terminar de se arrumar e desceu exatamente uma hora e vinte minutos mais tarde, para desespero de Pedrão, que suava em bicas no Santana preto de doutor Eno.

Foi fácil achar o sobrado em que Daniel morava. Ao bater à porta, Orlando ainda considerou por um instante que a cor bege não caía muito bem na parede da frente — ainda mais quando porta e janelas eram cor-de-rosa —, mas não lhe cabia opinar... Foi Mercedez quem veio recebê-lo e, tão logo percebeu quem era, desculpou-se pela "bagunça da casa, esses meninos, sabe como é" e gritou por Augusto e Aurélio.

— Entre, mas não repare.

Augusto, Aurélio, Antônio Henrique e Tuca desceram. Mercedez trouxe pãezinhos de queijo "deliciosos, receita de vovó", e Orlando começou a relatar sua história. Por fim, disse:

— Estou então à procura do dono desse lindo sapato preto.

Alguns segundos se passaram...

– Mas esse sapato é meu – irrompeu Augusto.

Então os outros três disseram "É nada, é meu" e rolaram pela sala. Mercedez tentou aliviar a situação bastante tensa, oferecendo um pouco de Nescau, mas ainda disse que "na verdade o sapato é do Aurélio, que é um amorzinho, tão estudioso e educado, vocês deviam sair um dia desses..."

E Orlando deixou a casa. Em disparada. Com o coração apertado. *Onde andará Daniel?* As lágrimas já lhe tomavam todo o rosto quando Pedrão perguntou se o menino não trabalhava. "Ora, como não pensei nisso antes?"

O salão estava cheio e Daniel fazia *balayage* na cabeça de uma morena de olhos d'água. Deixou a cliente como estava e correu ao encontro de Orlando, que se pôs à porta segurando o sapato. Os dois deixaram o salão de beleza, entraram no Santana preto e partiram aos beijos. Dizem que tiveram brigas eventuais por conta do diabo do ciúme que um tinha do outro, mas ninguém há de negar: foram felizes para sempre.

Inocêncio Nevasca
e Sete Ayrões

– Aceito – respondeu Arisca Maia.

Era o fim dos intermináveis concursos de beleza que, se por um lado, faziam bem ao ego – o que, note-se, era indispensável em se tratando de Arisca Maia –, por outro, já se mostravam cansativos, visto que não ofereciam surpresas. No final, gorduchos engravatados subiam ao palco exibindo todos os dentes num rasgo desconfortável de sorriso forçado e enfrentavam com tremor uma platéia homogênea que, com absoluta certeza, já tinha sua favorita.

O homem então mencionava a marca de sabonete, *lingerie* ou absorvente que patrocinava o evento e, com mãos trêmulas e pequenas gotas a lhe brotar na testa, abria o cartão que revelava o nome das vencedoras, sempre em ordem crescente. Arisca aplaudia o terceiro e o segundo lugar e, antes de ouvir o primeiro, em geral já avançara meio metro em direção ao apresentador.

Era reconfortante, pois se tratava da confirmação de um posto que era irrevogavelmente seu, mas de faixas e troféus Arisca já estava cheia. O que lhe faltava era o que sempre falta às mulheres providas de muita beleza e que vivem dela até terem mostrado ao mundo inteiro suas formas perfeitas: um bom casamento — que não tardou em chegar e se concretizou afinal num "Aceito" seguro que Arisca dirigiu mais a Laerte Nevasca do que ao padre à frente.

 Laerte Nevasca era um jovem viúvo que, afora a ótima aparência de astro de televisão, possuía uma gorda conta bancária e mais imóveis pelo mundo do que Arisca tinha dedos para contar. Formado em administração de empresas pela universidade federal e munido de um currículo invejável em que figuravam títulos, cursos e diplomas angariados no exterior, Laerte cedo conseguiu boa posição na multinacional fabricante de absorventes higiênicos Seca, Serena & Asseada.

 O amor dos dois se deu à primeira vista, na noite em que ele debutava como jurado nos concursos que já não despertavam tanto o interesse de Arisca. Foram apresentados nos bastidores, no oportuno momento em que a tiara de Rainha Seca, Serena & Asseada prendeu nos longos cabelos castanhos de Arisca. Galante, Laerte se dispôs a ajudá-la, mas só fez piorar a situação, a ponto de terem de mandar chamar às pressas alguém da produção para dar conta do problema. Por fim, visto que os nós em muito se haviam apertado na pequena estrutura de prata, a moça teve uma mecha considerável cortada. Lágrimas imediatamente se assomaram aos olhos dela e, num impulso quase infantil, Arisca atirou os braços em volta de Laerte, que, de pronto, respondeu ao gesto com uma das mãos firmes sobre o penteado em ruína e uma ereção latejante a comprimir o ventre da *miss*.

 Laerte já lera ou ouvira falar que, entre se casar com a burra de traseiro arrebitado e peitos grandes ou a versada em assuntos múltiplos mas incapaz de provocar seu furor de rapaz desbravador, deveria sempre optar pela que lhe causasse maior desejo sexual. Chata por chata, concluía o pensamento, todas haviam de se tornar, então que a cama fosse boa.

O casório aconteceria um ano mais tarde e foi o primeiro momento, depois de muito tempo, em que Arisca pôde finalmente suspirar. Trata-se do alívio de coisa feita. Para todos os efeitos, ela agora era a sra. Nevasca – muito embora não tivesse renunciado ao nome de solteira, que tanta glória lhe trouxera. Mas ali estava o fim de um tempo de incertezas e o começo de uma era de reinado. Sim, ela tinha agora um castelo, ou foi isso o que pensou ao entrar pela primeira vez na cobertura com vista para o mar em que Laerte vivia com o filho, Inocêncio.

Inocêncio nasceu na primavera, fruto de um parto complicado que custara a vida da mãe, a honrada e generosa Aretusa Nevasca. Aretusa era uma alma boa que se dedicava a causas grandiosas organizando festas e jantares para a alta sociedade com vistas a arrecadar fundos para organizações protetoras da flora do país. Os afazeres do lar constituíam sua vocação inata, o que desempenhava com um olhar ao mesmo tempo lânguido e ríspido, e certa doçura nas ordens dadas à criadagem: "Querida, lave essas mãozinhas adoráveis antes de tocar no porta-retrato que pertenceu a mamãe."

Depois de oito meses de uma gravidez difícil – responsável por mais de uma ocasião em que Laerte se viu à procura de maçãs madrugada adentro por conta dos desejos da mulher –, Aretusa sentiu as prematuras contrações como se lhe esgarçando o ventre. Poucas horas mais tarde, sucumbiria à morte em meio a lençóis ensopados de um vermelho vivo; e um menino com aspecto saudável de criança que se beneficia dos nove meses completos de gestação gritava a plenos pulmões como reação natural aos tapas que recebia nas pequenas nádegas brancas.

"O menino é uma flor", diziam todas as pessoas que eram apresentadas ou conviviam com Inocêncio, para infelicidade de Laerte, que então comprimia os lábios numa careta espasmódica a tentar ocultar o desgosto com a escolha unânime da palavra. Melhor aluno da escola e responsável por lágrimas arrancadas até mesmo dos mais durões professores ao surpreendê-los com gestos ou presentes inusitados, o garoto cresceu num verdadeiro conto de fadas, cercado sobretudo por diligentes empregados que gostavam genuinamente dele.

Dois, em especial, mostravam-se autênticos anjos da guarda do menino, preocupando-se em demasia e desejando-lhe sempre o melhor. Maria das Rosas era uma mulher amargurada que não conhecera a sorte de estar com os homens, que dirá de ter um filho. Com o pequeno Inocêncio, liberava o lado materno represado pelas circunstâncias da vida, passando horas a fio ninando o garoto. Até os onze anos de Inocêncio, ela se enfiava na cama do menino a fim de lhe dar o amor que jamais recebera. A essa altura, entretanto, Arisca Maia entrava na vida dos Nevasca e encerrava de uma vez por todas o contato do enteado com a vassala.

O outro funcionário da família que nutria por Inocêncio um carinho que se poderia mesmo chamar de excessivo era Miro Salgado, mulato alto e bem apessoado que, segundo a maioria das viúvas da cidade, certas beldades casadas e umas tantas mocinhas de fino trato, fazia jus ao sobrenome – nenhuma delas provara suor mais picante. Miro era motorista de Laerte desde a época em que o patrão era um frangote em busca de diversão nas noites de sábado, mas não tinha idade suficiente para dirigir.

E talvez aqui se faça premente esclarecer que a ternura de Miro por Inocêncio não se manifestara à época de seu nascimento, mas com o passar do tempo. Para ser mais preciso, foi quando o menino tinha cerca de dez anos que o olhar do funcionário começou a se arrastar numa lentidão demorada para os modos doces do pequeno.

Os primeiros seis anos de convívio de Arisca com Inocêncio transcorreram sem quaisquer manifestações de afeto, mas também não houve nada de confronto, briga ou mesmo adversidade, o que se explica, em grande medida, por dois fatores. O primeiro se refere à rotina atribulada de Arisca, que mantinha, à custa de muito jogo de cintura, uma agenda repleta de compromissos inadiáveis. As vinte e quatro horas do dia mostravam-se extremamente precárias para dar conta de todas as atividades a que a sra. Nevasca se entregava no cotidiano.

Havia aulas de aeróbica, *step*, ioga e cerâmica, sessões de *shiatsu*, massagem com pedras texanas e terapia, além da musculação e das duas horas diárias que passava no Centro de Beleza, cortando, tingindo, alisando ou frisando os cabelos, fazendo as unhas dos pés e das mãos e entregando-se à fofoca com amigas.

A segunda razão dos seis anos de tranqüilidade se deve ao fato de Inocêncio manter-se eternamente fora de vista nas poucas horas que a madrasta passava em casa. Em geral, o menino se trancava no quarto e devorava romances açucarados que lia em meio a nebulosos sonhos encantados. A questão, portanto, é que Arisca Maia estava ocupada demais para perceber a presença de Inocêncio, e Inocêncio contribuía para a própria invisibilidade escapando para o quarto por conta da estranha intuição que isso era o certo a fazer.

No décimo sétimo aniversário do menino, contudo, as coisas começaram a mudar. A idéia de uma grande festa no clube social havia sido da própria Arisca que, na busca desesperada por um pretexto para usar o novo Gottino, acabou se deparando com a data circulada por hidrográfica vermelha no calendário da cozinha. Descobriu então que Maria das Rosas era a responsável pelo risco em torno do 26 e que aquele era o dia de nascimento do enteado. Não seria a melhor forma de estrear o magnífico vestido verde-musgo de *chamois*, mas daria para quebrar o galho. E estava decidido.

Os preparativos foram feitos por ela mesma, que se viu obrigada a cancelar algumas sessões de *shiatsu* para cuidar de todos os detalhes do evento. De grande ajuda – como sempre, diga-se de passagem – foi o negro apelidado Espelho, que havia sido a única coisa que Arisca levara consigo na mudança para a cobertura. Espelho tinha sido empregado da mãe dela desde a tenra idade dos catorze anos, e os dois haviam crescido juntos em meio a brincadeiras pelos descampados da região.

Com uma constituição robusta, braços fortes e pernas de cavalo, Espelho dispôs quase todas as mesas e cadeiras no salão, e carregou equipamento de som, caixas de bebidas e salgados, além das dezenas de buquês de flores para enfeitar o recinto, valendo-se muito pouco do auxílio dos outros serventes.

No dia da festa, Arisca levou três horas para chegar à versão final de sua maquiagem e sentiu que algo não estava certo já no carro, a caminho do clube. Sentados à frente, estavam o motorista e Laerte; no banco traseiro, Inocêncio e Arisca seguiam lado a lado. E o incômodo da mulher teve início quando notou que Miro Salgado havia mudado a posição do retrovisor para contemplar não a ela

– mais esplendorosa do que nunca depois que à beleza se somara o dinheiro –, mas ao enteado. *Um pederasta enrustido*, concluiu então, afastando o pensamento num gracioso gesto de mão.

Quando pai, filho e madrasta entraram juntos na festa, entretanto, o assombro de Arisca se agigantou. Não a princípio, é claro. Nos primeiros momentos em que todos os olhares se voltaram para eles e houve exclamações de "Oh", "Meu Deus" e "Que maravilha", tudo seguia a ordem natural das coisas, e não houve surpresa.

A surpresa chegou depois, aos poucos, e num crescendo que obrigou a mulher a se retirar mais cedo da comemoração, alegando indisposição súbita e repentina. O caso é que não somente as moçoilas e suas mães e avós, mas também os rapazes, seus pais e tios, fitavam o pequeno Inocêncio. Arredio, o menino jamais fora apresentado à sociedade, sendo seu círculo de conhecidos limitado aos colegas de escola e empregados da casa. Mas ali estava ele, indubitavelmente radiante com seus grandes olhos negros e pele alva, talhada num corte perfeito onde se entreabria a boca rosada de lábios cheios.

Afora o rosto digno dos mais nobres pintores, Inocêncio tinha ainda seu gestual de moço bem-educado e um corpo que, sabe Deus como, apresentava formas torneadas, muito embora os esportes estivessem longe de sua realidade de menino estudioso. Dessa maneira, o filho único de Laerte Nevasca era coroado – apesar de se tratar de um acordo tácito – o inequívoco objeto de desejo de todos os presentes.

Lá para as tantas, depois de ter se permitido alguns drinques, o menino se dirigiu à pista de dança durante uma canção de que gostava em particular e, a cada ordem cantada nos versos "Você tem que rebolar, rebolar, rebolar", o rapaz obedecia, deixando pais de família em maus lençóis, posto que, hipnotizados pela visão, não conseguiam despregar os olhos de seus delicados movimentos.

Ao se retirar da festividade que havia preparado com tanto zelo, Arisca Maia não se surpreendeu que não encontrasse Miro Salgado em parte alguma e, sem pensar duas vezes, tomou um táxi. No caminho de casa, debulhou-se em lágrimas, vociferando injúrias num misto de ódio puro e descrença. No apartamento, correu para o quarto de Espelho, que a recebeu sem nada entender, visto que as palavras da patroa não faziam sentido. Algumas horas depois, quando Arisca já se encontrava mais calma e gemia não de dor mas de prazer, posicionada sobre o corpo rijo do negro, ela fez a pergunta que desde sempre dirigira ao homem.

"Espelho... ah... Espelho meu... oh... existe alguém mais bela do que eu?" E o amante respondeu num sussurro entrecortado por suspiros de deleite: "Não, minha senhora. Não existe". Quando por fim o criado gozou, Arisca acendeu um cigarro e, para incredulidade de Espelho, narrou os últimos acontecimentos. Como já foi dito, Espelho havia muito conhecia Arisca e lhe sabia bem os caminhos tortuosos da inventiva mente. Ademais, que história era aquela de os homens se encantarem com um menino? Para todos os efeitos, entretanto, Espelho jurou à mulher novamente aos prantos que no dia seguinte olharia, por si mesmo, para o garoto com quem, por estar sempre em companhia da patroa, jamais havia cruzado, ou, se fosse o caso, não tinha prestado atenção.

E por falar em atenção, no dia seguinte tudo que Arisca fez foi prestá-la com a devida cautela ao enteado, por quem nunca tivera qualquer interesse em especial. Por

exemplo, observou-o à mesa e só então descobriu a adoração que o menino nutria por maçãs. Em suas refeições, havia sempre uma ou duas postas num pequeno prato, além de produtos feitos com a fruta: sucos, saladas, geléias e o escambau. Notou, também pela primeira vez, a pele extremamente pálida do enteado, de uma brancura tão espantosa que o rapazote poderia passar por doente não fosse o brilho de saúde presente nos olhos e cabelos.

Espelho, por sua vez, posicionou-se num canto do próprio quarto de onde conseguia avistar Inocêncio e, para surpresa sua, viu pela primeira vez o trabuco entre as pernas se dilatar por outro homem, o que, também para surpresa sua, não o assustou. O garoto era de uma beleza singular e, fosse no tom de pele, fosse nos meneios incomuns, parecia carecer de um ombro ou, por que não?, de um homem que o amparasse vida afora. O fato, porém, é que Espelho se viu obrigado a tocar quatro bronhas aquele dia, redescobrindo uma libido de adolescente que em muito lhe agradou.

À noite, Arisca se esgueirou até o quarto do homem, mas ele estava tão cansado, que mal conseguia abrir os olhos – que dirá satisfazer as vontades da ama. O limite da paciência de Arisca Maia, contudo, se daria meia hora depois de ter entrado no cômodo, quando, entre a vigília e o sono, o negro deu à eterna pergunta da mulher uma nova resposta. De olhos fechados e com um pequeno sorriso ao ouvir as palavras mais-bela-do-que-eu, tudo que Espelho conseguiu balbuciar foi "Inocêncio. Inocêncio é belo".

Ressentida, Arisca fechou o *sexy* roupão preto que vestia por cima da camisola de renda e se retirou do quarto com olhos de fúria e uma idéia que, se por um lado, era recente, por outro, tinha urgência em ser levada a cabo:

Inocêncio Nevasca e Sete Ayrões

para que a paz voltasse à sua vida, Arisca Maia precisava eliminar Inocêncio Nevasca.

Depois de muita ponderação numa madrugada que atravessou em claro à base de meio pote de creme facial – um composto de barbatana de baleia e colágeno de tartaruga – para que o rosto não sofresse as conseqüências da insônia, Arisca Maia chegou finalmente à conclusão de quem deveria fazer o serviço. A primeira idéia havia sido contratar um matador de aluguel, mas não saberia onde encontrar um desses profissionais, muito embora, na loucura do devaneio – às quatro horas da manhã –, tivesse chegado a procurar nas páginas amarelas.

A segunda e evidente opção era o companheiro de longa data, amante e confidente de todas as horas, Espelho. Mas depois que o petulante tivera a audácia de murmurar o nome de Inocêncio com um sorriso ridículo enquanto dormia, Arisca jamais rogaria o serviço a ele. Sobretudo, a ex-*miss* tinha lá seu orgulho, e não iria pedir justo ao amante que liquidasse o sujeito por quem o infeliz também havia se enrabichado.

Às cinco horas, a resposta veio como uma luz e parecia tão óbvia que, na excitação do momento, Arisca chegou mesmo a exclamar em voz alta, "Como é que não pensei nisso antes?" Era evidente: ninguém melhor do que Miro Salgado para realizar a empreitada. O pobre-diabo podia até estar amartelado de amores pelo fedelho, mas não ousaria negar um favor à patroa e, de qualquer forma, ela saberia como convencê-lo, caso o servo mostrasse alguma resistência.

Ao meio-dia, já estava tudo acertado. Depois da cena que custou a Arisca Maia todas as técnicas de arte dramática que aprendera quando o cinema ainda era uma possibilidade, Miro Salgado assentiu, vendo-se enfim entre a cruz e a espada. Era a morte do menino ou sua desgraça: Arisca deixara claro que a cidade inteira, e principalmente Laerte, saberia do amor que o criado nutria pelo menor caso resolvesse não obedecer.

Como prova do assassinato, num pequeno acesso de loucura, Arisca pediu o coração do garoto; mas logo se deu conta do absurdo da exigência e se contentou com seu sangue. Escolheu um lenço branco na gaveta da cômoda e exigiu ao mulato que o pano estivesse vermelho quando voltasse. "E lembre-se de que existem testes de dna", disse ainda, no intuito de lhe cercar qualquer tentativa de escapatória.

Inocêncio voltou da escola e, tão logo botou os pés em casa, ficou sabendo que o pai lhe mandara acompanhar Miro Salgado até um bairro afastado para ajudá-lo nuns trabalhos. O menino achou estranho que tivesse de ajudar o empregado – coisa que jamais ocorrera –, mas de pronto pôs-se a serviço. Saíram os dois. Miro Salgado, com um lenço branco no bolso do paletó e uma ereção de doer; Inocêncio Nevasca, com o habitual brilho nos olhos e a candura no andar.

E que entre parênteses seja dito: (como vira os dois se adiantando para a garagem e achara estranho, pois assim o era, Espelho – que já farejava artimanhas da patroa – resolvera segui-los).

Aconteceu que, depois de andados já uns tantos quilômetros e encontrarem-se os carros na Zona Oeste da cidade, Miro Salgado desatou a chorar, para total incompreensão do pequeno ao lado que, na tentativa de acalmá-lo, passou a frágil mão branquíssima na pele escura do braço do motorista. O que sucedeu veio com a rapidez dos episódios inesperados: Miro Salgado se viu tomado de paixão avassaladora e, antes que pudesse se conter, já enfiava a língua na boca casta de Inocêncio.

    O menino relutou como podia durante exatos sete segundos, depois entregou-se aos caprichos do mulato com olhar atento de recém-descoberta. As roupas imaculadas do garoto permaneceram no banco da frente, mas o corpinho bem feito passara com rapidez para o conforto do banco traseiro, tendo agora sobre si os músculos suados do homem que punha enfim para fora o artefato que hipnotizaria Inocêncio. Era grande, era grosso e, Deus meu, era...

    Na ânsia de levar a cabo o que havia muito tempo era desejo reprimido, Miro Salgado enfiou o membro de uma só vez e, como não agüentasse mais, gozou feito bicho, em berros e urros de "Meu amor", tendo antes, no entanto, proferido em sussurros quase ininteligíveis – mas inteligíveis o bastante – as palavras "tenho", "matar", "pediu" e "Arisca". Assustado e sentindo uma dor que não esperara sentir, Inocêncio pegou a calça e se pôs a fugir tão logo intuiu o perigo que corria.

    Espelho, que até então não se manifestara – escondido que estava no carro estacionado do outro lado da rua –, continuou sem se manifestar, observando apenas o local a que o garoto se dirigia (a casinha rústica espremida entre dois prédios decrépitos), para depois voltar para casa.

    Miro Salgado pensou em correr atrás do menino, mas somado ao fato de tê-lo perdido de vista ainda havia o amor que lhe impediria de cumprir as ordens da patroa. Olhou para baixo antevendo já a própria ruína, quando lhe ocorreu que talvez pudesse se safar. O caso é que o pênis enorme estava coberto de sangue e, dado o tamanho do negócio, havia ali sangue suficiente para assegurar a

Arisca Maia a morte do enteado. Passou o lenço branco sobre o pau e, deliciando-se duplamente com a visão do excesso de sangue e com a certeza de que havia sido o primeiro na vida de Inocêncio, deu meia-volta e seguiu para o apartamento dos Nevasca.

Basta prestar atenção aos fatos para ver que a vida, às vezes, ainda nos prepara boas surpresas. Pois nos encontramos na Zona Oeste de uma cidade que não é flor que se cheire – e tampouco é flor que se cheire a Zona Oeste em que estamos. Os noticiários confirmam: A violência corre solta e não permite, entre outras coisas, casas de portas destrancadas. A despeito da inverosimilhança do caso, porém, Inocêncio Nevasca bateu três vezes na porta da casa de madeira espremida entre dois prédios decrépitos e, como não houvesse resposta e o medo fosse grande, experimentou sem convicção a maçaneta, e eis que se não quando: Bum! A porta estava aberta.

Inocêncio correu os olhos pela pequena sala de poucos móveis, esgueirou-se até a cozinha, depois foi ao banheiro, onde se permitiu um banho. Embora um pouco desconcertado por não haver condicionador nem xampu e apesar de o sabonete ser antes sabão ordinário do que da marca a que estava acostumado, sentiu-se de pronto mais limpo depois que se livrou do sangue seco e do cheiro salgado do suor do outro.

Mais tarde, quando a fome apertou, Inocêncio foi até a cozinha, mas não achou nada. A geladeira estava vazia e os dois potes sobre o armário só tinham cheiro de biscoito. Quando já desistia, entretanto, divisou a fruteira no canto atrás da porta e entreviu a maçã vermelha que, sem demora, pôs-se a devorar. Alguns minutos depois, voltava para a sala e, como a espera pelos donos da casa já se arrastasse e o sono fosse já maior do que a força de se manter acordado, o pequeno foi ao quarto e, sem pensar – que dirá duas vezes –, deitou na cama e dormiu.

Estaríamos mentindo, porém, se disséssemos que o jovem mancebo não pensara em absolutamente nada e apagara, por assim dizer, tão logo desabou na grande cama de casal. Nos momentos que antecederam o breu completo dos pensamentos, Inocêncio tomou duas decisões: primeiro, não convinha ligar para casa – ao menos por enquanto; segundo, o negócio com Miro Salgado era bom e valia a pena tentar de novo.

Era meia-noite quando Sete Ayrões decidiu que o carro de seu Atílio estava bom o bastante. Desligou o rádio, trancou a oficina e ganhou a rua sob uma garoa fina. Sete caminhou três quilômetros com os passos rápidos que desenvolvera na infância andando ao lado dos irmãos mais velhos. Caçula e temporão, foi assim batizado por ser o sétimo filho homem do casal Ayrões que, na busca pela menina que nunca vinha, acabara tentando mais do que devia.

Sete fora sempre péssimo aluno, mas conquistara o coração das meninas da região com a aparência de rapaz de fino trato. Aos quinze anos, já conhecia a cama de todas as donas da rua em que morava e obtinha favores na Pensão de Lis. Quando se casou com Adelminda – ele com 21, ela com dezessete –, entretanto, os tempos de devassidão ficaram para trás. Sete foi desde o dia do casório marido fiel e respeitador.

Dois anos mais tarde, contudo, Adelminda subia aos céus levando nos braços o filho que em vão carregara no ventre por nove meses. Na hora do parto, complicações que escapavam à compreensão das parteiras deram cabo de mãe e filho num só repente; e de pronto as mulheres solteiras e casadas dos arrabaldes se puseram a mostrar a generosidade de católicas devotadas e ofereceram ajuda ao jovem viúvo que, para surpresa geral, resistiu aos encantos das mais belas raparigas em prol do amor eterno jurado à mulher ao pé do altar.

Com tempo de sobra e conhecimento de menos, Sete montou a oficina em que costumava passar o dia inteiro entre consertos e exercícios, e começou a estudar português com a professora local. Aos trinta anos, era o mais cobiçado homem da Zona Oeste, não apenas pelo rosto quadrado irresistível e pelo corpo perfeito de trabalhador braçal, mas também pela aparente sensibilidade desenvolvida a partir da morte da esposa.

Pensando em contas a pagar e cheques pré-datados que devia cobrir, Sete entrou em casa e, de súbito, sentiu algo diferente no ar. Foi à cozinha e viu que a fruteira estava vazia; dirigiu-se ao banheiro e notou a toalha molhada fora do lugar. Sim, alguém estivera ali. Com passos de quem espera pelo pior, tirou o canivete do bolso, entrou no quarto escuro, alcançou o interruptor e acendeu a luz, percebendo que alguém dormia debaixo do edredom azul.

Com agilidade, suspendeu o canivete no ar ao mesmo tempo em que puxou a coberta para revelar o corpo branco de Inocêncio. O menino acordou assustado e gritou apavorado ao ver a lâmina avançar em sua direção. Mas Sete interrompeu o gesto a tempo e, vendo que se tratava apenas de um garoto, sentou-se na cama ainda exaltado.

O que seguiu foi uma explicação lenta e demorada dos últimos acontecimentos na vida do pequeno, em que ficou de fora apenas o relato das investidas de Miro e a receptividade dele próprio. Sete Ayrões observava o menino mais pálido em que já havia deitado os olhos discorrer, explicar e surpreender e, perplexo, sentia coisas que não sen-

tia havia tempos. No coração, uma ternura de esquentar a alma. No ventre, uma pressão de estourar o zíper.

Ficou decidido que dividiriam a cama de casal que desde a morte precoce de Adelminda não conhecera outro corpo senão o de Sete. Com o quarto envolto em escuridão quase absoluta, salvo pelos traços de luar que avançavam pelas janelas desprovidas de cortina, os dois murmuraram coisas passadas – o menino contou das aulas e da vida na cobertura com vista para o mar; e o homem desencavou histórias que já dava por perdidas nos cantos escuros da memória.

Já era quase dia quando o sono de Inocêncio venceu as resistências do menino, deixando Sete livre para percorrer, primeiro com os olhos – porque assim mandava a prudência – depois com as mãos – porque assim mandava o desejo – o corpo bem feito do pequeno. Algum tempo depois, Sete se aconchegava às costas do garoto com o pênis a latejar contra a bunda redonda e se entregava ao sono mais profundo que viria a ter em anos.

Às onze da manhã, quando acordou nos braços de Sete, Inocêncio sentiu duas coisas quase simultaneamente: a primeira foi uma ternura que era quase amor, que talvez fosse um sensação de estar em casa, num lar enfim, e a segunda foi a gosma a lhe escorrer pelas costas. O menino passou a mão no negócio e levou ao nariz. Como cheirasse a quase nada, provou um pouco, mas não achou grandes coisas. Sete então despertou. O primeiro dia começava.

Diz o dicionário a respeito da obsessão: *pensamento, ou impulso, persistente ou recorrente, indesejado e aflitivo, e que vem à mente involuntariamente, a despeito de tentativa de ignorá-lo ou de suprimi-lo; idéia fixa, mania.* E era o que perturbava agora a vida de Espelho. Dia e noite, em horas próprias e impróprias, no sossego da solidão ou quando estava acompanhado, virava e mexia, o negro se pegava com a cabeça a fantasiar com o enteado da patroa.

    Para não enlouquecer, decidiu o que antes não era decisão, mas imposição das circunstâncias: que não saberia viver sem que visse o garoto ao menos uma vez por dia. E assim foi que Espelho, de uma hora para outra, começou a freqüentar a Zona Oeste. Do carro parado no outro lado da rua, observava, espiava e sentia comichões, ganas e freimas alucinadas. Por outro lado, só de saber que o menino estava a salvo, longe das garras predadoras da madrasta, já lhe mantinha quente a alma e o coração. Eram os arredores do amor.

    O dia-a-dia de Inocêncio Nevasca e Sete Ayrões transcorria sem grandes transtornos. Dormiam e acordavam juntos sem outros toques que não os abraços apertados que faziam os músculos tensos de Sete descansarem por fim – e que, a cada nova manhã, rendiam nova gosma nas costas do menino –, tomavam café preparado por Sete, passeavam nas redondezas e seguiam juntos para a oficina. Até que uma noite... Inocêncio custou a dormir.

    Lá pelas tantas, o garoto sentiu a mão pesada de Sete lhe deslizar pelas costas, depois pela bunda e pelas coxas. E como achasse bom e porque não visse por que não devesse, o menino se virou e correu os olhos abertos pelo corpo nu do homem. Surgiram-lhe umas palavras desavergonhadas não se sabe de onde, e os dois se entregaram a uns beijos, uns abraços e umas coisas mais.

    Houve, porém, um problema que talvez nem fosse problema, mas que Inocêncio achava que sim. E o problema, embora específico e pessoal e íntimo demais, deve afinal ser dito. Pois que não havia nada que Sete gostasse mais do que um boquete bem feito, mas o menino veio a descobrir, depois de várias tentativas infrutíferas, que havia um cheiro ou gosto ou o que quer que fosse no tal do cacete que lhe dava antes ânsia de vômito – fazer o quê? E embora Sete garantisse que aquilo não era importante e já tivesse mesmo se saciado por meios mais convencionais, a vida para Inocêncio mostrava pela primeira vez seu lado sombrio. O menino amava e queria satisfazer o amado, mas – ah! desgraça – não suportava a tal da felação.

Com o passar do tempo, Inocêncio e Sete desenvolveram técnicas, macetes e posições, e o sexo ficou cada vez melhor. O companheirismo dos dois se transformou em zelo demasiado e não havia momento em que um não estivesse com o outro na cabeça. No entanto, havia certo brilho nos olhos de Inocêncio que se perdera, posto que o menino sabia do prazer que roubava ao namorado em não satisfazê-lo por completo.

Espelho, que tudo entrevia mas nem tudo entendia do carro estacionado no outro lado da rua, começou a sofrer sinceramente com o sofrimento que adivinhava no objeto de afeição. Em casa, andava pelos cantos murmurando palavras desconexas e dormia mais do que de costume.

Arisca, depois de readquirir toda a auto-estima perdida no aniversário do enteado à custa de sessões diárias de terapia, divisava a mudança de humor no amante e já não sabia o que fazer para trazê-lo de volta à vida. Na busca de utensílios eróticos variados que pudessem enfim reavivar os ânimos do homem, não conseguiu quase resultado nenhum, mas tornou-se profunda conhecedora de consolos, cremes, preservativos, filmes, loções e roupas sensuais.

E aconteceu o seguinte: alguns meses depois do desaparecimento de Inocêncio, numa noite de chuvas torrenciais, Arisca Maia entrou no quarto do servo com *lingerie* e capa de seda preta, botas de couro vermelho à altura do joelho e muito fogo. Espelho, para variar, dormia um sono de anjo com um sorriso torto a lhe transfigurar o rosto. Como a noite fosse importante e seus anseios já se mostrassem incontroláveis, Arisca tirou a calcinha e sentou assim mesmo no pênis do homem, que de pronto reagiu.

No vaivém quase solitário sobre o empregado, Arisca Maia botou os bichos para fora e gritou ofegante até não poder mais. Quando estava por fim perto do momento de se descabelar, fez a pergunta de sempre:

– Espelho, Espelho meu, existe alguém mais bela do que eu?

E Espelho, que se agitava entre a vigília e o sono, respondeu:

– Inocêncio. Inocêncio é mais belo.

– Filho-da-puta! – irritou-se Arisca. Mas logo sorriu. – Inocêncio está morto.

– Não. Inocêncio vive. Na Zona Oeste, na casinha de madeira espremida entre dois prédios decrépitos.

Gozo interrompido e contrariada, Arisca se retirou do quarto com fúria assassina. Naquela noite mesmo, seguiria até a rua do Albuquerque e mataria Miro Salgado. Na falta de armas de verdade, levou a maleta de acessórios eróticos e, depois de seduzir o mulato e completar afinal o que não conseguira em casa, algemou-o à cabeceira da cama e enfiou o maior consolo da história – réplica fiel do pinto mais cobiçado no mundo da cinematografia pornográfica – em sua boca, matando-o sufocado. Miro arfou até ficar descolorado.

– Repugnante – atestou Arisca ao deixar o pequeno quarto.

Quando voltava para casa, o peso da realidade caiu sobre ela. *Meu Deus, não usei luvas e na excitação do momento ainda quebrei uma unha.* A morte do enteado exigiria maior cautela do que a dispensada à do motorista. Inocêncio Nevasca era, afinal de contas, filho de um grande industrial, e o mero desaparecimento do pequeno fora suficiente para tomar páginas e mais páginas dos periódicos da cidade.

Dois dias depois do sumiço de Miro Salgado, Laerte mandou um *boy* à casa do homem para ver o que se passava. A notícia veio como uma bomba. Depois do susto inicial, Laerte informou à polícia que, apesar do incomum da cena do crime, não acionou a imprensa, e o assassinato não ganhou nem mesmo uma coluna magra nos jornais da cidade. (Há quem diga que o patrão, temendo pelo nome do empregado que tanto estimava – e por que não? pelo seu próprio – molhou a mão dos policiais, que trataram de acobertar os fatos mais grotescos do episódio).

Fato é que os dias que se seguiram à asfixia de Miro Salgado encontraram Arisca Maia mais aérea do que de costume. Não se tratava de um possível sentimento de culpa tardio ou qualquer coisa parecida, mas simplesmente dos projetos para dar cabo do enteado que já começavam a tomar forma.

Visitas regulares à Zona Oeste e a estabelecimentos comerciais de gosto duvidoso já faziam parte de sua agenda e, em poucas semanas, surgia à porta de Inocêncio Nevasca e Sete Ayrões a mulher loura de maquiagem carregada com vestido vermelho e sandálias ordinárias.

Foi Sete que abriu a porta, e a mulher de vermelho ficou claramente perturbada ao ver o tronco nu do homem que acabara de acordar. *A bichinha se deu bem*, pensou sentindo vertigens.

— Não estamos precisando de nada — disse Sete ao ver a maleta de couro gasto nas mãos da moça.

— Sim, claro. Mas... o senhor poderia me dar um copo d'água?

Arisca entrou na sala com certa repugnância — que tentava esconder —, e beber a água foi particularmente difícil. Alguns segundos mais tarde, porém, Inocêncio Nevasca entrava na sala. O menino surgiu com pijama de seda branca e ar de desalento.

— Bom dia — disse com a boa educação que lhe era natural.

Como Sete tinha de ir cedo para a oficina a fim de consertar o carro de uma ricaça da Zona Leste que surgira do nada no dia anterior e pedira rapidez a troco de uns bons trocados, ficou combinado que naquele dia Inocêncio, que já se entregava a um bom bate-papo com a mulher de vermelho, ficaria em casa pela primeira vez desde que ali chegara.

Tão logo Sete se foi, a mulher revelou o que fazia: vendia produtos eróticos. Dos bons, com resultados surpreendentes, coisa do estrangeiro para gente requintada.

— Dê uma olhada sem compromisso.

E tirou da mala perus de borracha de tamanhos variados, peças de roupa com desfechos inusitados, cremes milagrosos para impotência e ejaculação precoce, além de bonecos infláveis, loções perfumadas e fitas de sacanagem.

— São coisas lindas — admitiu Inocêncio —, mas não tenho um tostão.

A mulher então levantou o rosto do menino, que já voltara a vasculhar a maleta e segurava agora um enorme cacete preto, e disse com calma estudada:

— Escolha alguma coisa, que será presente meu.

Acanhado a princípio, Inocêncio decidiu-se por fim pelo pau preto que tinha em mãos e que tanto lhe lembrava Miro Salgado.

— Sabe, aceito outro copo d'água — disse a moça então.

O menino foi para a cozinha, e a mulher retirou um pequeno conta-gotas da bolsa. Já começava a pingar o líquido branco sobre o negócio de borracha, quando ouviu:

— Pensando melhor...

Inocêncio voltava com dois copos d'água e, num ato de extrema confiança, contou à mulher o problema que tanto lhe fazia sofrer.

— Será que não existe nada que possa me ajudar?

O sorriso da mulher trouxe de pronto esperanças ao menino. Pois ali estavam os maravilhosos cremes "Fruity Blowjob" que tiravam o cheiro e o sabor possivelmente desagradáveis da genitália e garantiam um desempenho espetacular.

Com avidez, Inocêncio experimentou cada um deles e, embora a grande maioria tivesse gosto ainda pior que o do próprio pênis, houve um que se mostrou especialmente delicioso: o sabor maçã. Pronto: estava decidido. A vendedora sorriu, tomou de um só gole o copo cheio que tinha em mãos e pediu mais água.

Quando o menino se encontrava na cozinha, a mulher tirou da bolsa uma pequena seringa e aplicou o tal líquido branco no interior do frasco de creme. Mais tarde, quando já se despedia à porta, lembrou ainda ao pequeno jovem:

— Não economize na primeira vez. Lambuze bastante. Divirta-se.

E como estivesse se esquecendo de algo, retirou da bolsa um pequeno papel contendo os dizeres "Prazeres da

Carochinha" e um número de telefone celular e completou:

— Meu cartão está aqui... caso venha a precisar de mais. Ha, ha, ha, ha, ha!

Inocêncio cantava "Chega mais perto moço bonito, chega mais perto meu raio de sol" quando Sete chegou em casa suado, tarde da noite, depois de um dia difícil na oficina. Apesar de cansado, bastaram sorrisos e algumas palavras doces de Inocêncio para que o homem readquirisse as energias. Os dois jantaram, assistiram um pouco à televisão, depois seguiram para o quarto.

Quando se encontravam nus na cama, Inocêncio pediu a Sete que se deitasse de olhos fechados. Retirou então o creme da gaveta da mesinha de cabeceira e começou a esfregar no pau do amante. A delicadeza do toque de Inocêncio, por si só, quase levou Sete à loucura, mas as coisas melhoraram em muito quando o menino se pôs a chupar.

Deliciando-se com o sabor da fruta de que mais gostava na vida, Inocêncio mostrou grande desenvoltura, surpreendendo não apenas o homem a quem satisfazia, mas também a si próprio. Alguns minutos se passaram, e Sete já se encontrava a ponto de explodir, quando o menino começou a sentir a garganta queimar. Dali a pouco tempo, o que era prazer se transformaria em aflição. Inocêncio rolava pela cama com dores lancinantes; e Sete corria de um lado para o outro sem saber o que fazer.

Quando enfim o menino cedeu à força imperiosa da morte, Sete chorou como só chorara uma vez na vida: no dia em que Adelminda sucumbira aos sofrimentos do parto. Desnorteado, trançou pela casa com a garrafa de uísque que pegou na cozinha, vociferando contra as forças ocultas que lhe negavam a felicidade pela segunda vez.

Mais tarde, num momento de fúria alucinada, agarrou o menino desnudo e começou a acariciá-lo.

– Volte, meu pequeno, não me abandone.

E tanto acariciou e tanto já era tarde e tanta da danada da bebida já havia tomado que, antes mesmo que se desse conta, já estava dentro do menino. Ressalva seja feita, porém: que não foi sexo; foi antes despedida no amor. Quando já estava próximo do mesmo orgasmo interrompido de algumas horas antes, Sete abraçou Inocêncio com toda a força que pôde reunir e disse:

– Amor, *I love you*.

E gozou. O sêmen atingiu as entranhas de Inocêncio quase ao mesmo tempo em que as lágrimas de Sete lhe chegavam ao rosto e, como num desses milagres que só ocorre muito de vez em quando e em literatura suspeita, o jovem mais pálido que Sete já vira abriu os grandes olhos negros. Com alegria renovada, os dois se apertaram num abraço cerrado e, depois de muitos beijos e carinhos, combinaram jamais tentar a maldita felação novamente. E assim foi.

Arisca Maia seria assassinada naquela noite, depois de dizer a Espelho, entre gargalhadas, que o pequeno Nevasca partira desta para melhor. O homem, incrédulo, deu um único murro bem dado na mulher, que caiu no chão e bateu com a cabeça na quina da cama.

Espelho fugiu não se sabe para onde, mas dizem que acabou se enrabichando por um menino de catorze anos com quem vive no alto de uma montanha para além dos limites da cidade. Antes de deixar a casa, entretanto, escreveu a Laerte a carta em que relatava todas as maldades da patroa e revelava o paradeiro do filho perdido.

Laerte Nevasca entendeu melhor do que se podia esperar as ligações de Inocêncio com Sete – talvez porque já

Inocêncio Nevasca e Sete Ayrões

desse o filho por morto e o que viesse era lucro –, e acabou financiando um *loft* incrementado para os dois, além de oferecer a Sete um cargo de chefia na empresa.

Alguns meses após a morte de Arisca, e depois de ter jurado nunca mais se envolver com ninguém, Laerte se viu seduzido pela jovem de vida fácil que Sete trouxera lá dos confins da Zona Oeste para alegrar a vida do sogro. A menina, Juracy da Pedra, trabalhava na Pensão de Lis e tinha uma história comprida que começava lá no alto do país e seguia cheia de arestas complicadas no labirinto que desembocava enfim no agora. Laerte e Juracy casariam poucos meses depois do primeiro encontro.

Nem tudo são flores, porém. Os primeiros meses de vida conjugal no *loft* recém-comprado não foram os melhores para Inocêncio Nevasca e Sete Ayrões. O problema se devia à relutância de Sete em abrir mão do bairro em que crescera e que tanto lhe era familiar em prol do apartamento que "nem quarto tem". Com o tempo, entretanto, Inocêncio apaziguou a agitação em que se encontrava o amado e os dois retomaram a história de amor perfeito.

Pois que não havia casal que se desse melhor – fosse na cama, à mesa ou em qualquer outro lugar –, nem carinho igual ao que um nutria pelo outro. Era ternura de verdade, dessas que só se encontra em contos de fada e em que nem criança acredita. E embora a vontade seja de inventar possíveis desavenças, rompimentos, traições e outras atrocidades mais, a verdade é que estaríamos mentindo: nada disso aconteceu. Inocêncio Nevasca e Sete Ayrões se casaram na Suécia e foram felizes para sempre.

Pocarropas

Muito já se disse sobre mim, e cansei das especulações que os tablóides teimam em disseminar. "Chega!", gritei muitas vezes na mansão que habito sozinha quando li pela enésima vez que eu havia recorrido a mais uma cirurgia plástica. "Mentira", quis bradar aos quatro ventos, mas então me contive. Foi na ocasião, porém, que me ocorreu a idéia de um relato autobiográfico que pusesse fim a tantas conjecturas – muitas das quais, como se verá, constituindo em enormes bobagens.

O que me incomoda não é tanto o fato de sempre figurar entre as celebridades mais perseguidas pela imprensa marrom – e estou inclinada a achar que outro tipo não há –, mas as calúnias que, sem dó nem piedade, os repórteres insistem em garantir. Aqui dou, enfim, um basta a todas as asneiras inventadas e revelo em primeira mão segredos que jamais imaginara um dia partilhar.

Sim, dentre as muitas suposições, uma é de fato verdade: nasci menino. E numa tribo indígena cujo nome, pela sabedoria em tantos anos fomentada, dou-me o direito de preservar. Cresci na selva junto aos bichos e sempre em companhia do primo que, no limiar da infância, comecei a admirar. Peri era seu nome, e como era belo!

Houve já quem o tenha descrito em narrativas cheias do que pulhas um dia vieram a chamar "idealização". Mas não se tratava disso. Porque Peri era de fato tudo aquilo e ainda mais.

Eu tinha doze anos quando, um dia, papai chegou à palhoça mais cedo e me pegou de quatro no chão com o adorado Peri a saciar suas vontades. Papai então virou as costas e saiu da cabana. Meia hora depois, encontrei-o com o rosto cheio de lágrimas e olhar de grande comoção. "És orgulho para mim. De agora em diante, temos curandeiro na família". E assim foi. De um dia para o outro, ganhei um *status* com que jamais sequer havia sonhado.

São muitas as saudades da terra natal! Que outro lugar entende que há de fato muita coisa especial nos meninos, aqui nesta bosta de sociedade tristemente chamados de "invertidos"?

Mas enfim: fui consagrado aos treze anos, quando então me vi rebatizado Pocarropas. Devo dizer que não há muita razão para que alguns índios tenham nomes simples e outros sejam alcunhados com palavras que de alguma forma os descrevem. Para mim, entretanto, o nome não foi surpresa, embora confesse que tenha nascido do pior dos sentimentos: a inveja.

Deus sabe como me custa relembrar essas coisas! Entre uma e outra recordação, há momentos delicados que apenas soluços resolvem. E também há que ter força e coragem para falar sem papas na língua de assuntos para mim tão difíceis. Confesso, entretanto, que na infância me dividia o coração o amor pelo primo Peri e a inveja da maravilhosa Iracema. Ai, que era linda com seus lábios de mel!

Eu era só bonito, mas ainda por cima isso: era menino. Pois por mais que meu corpo mostrasse as formas femininas que, sabe-se lá como, desenvolvi, Iracema era imbatível. Sempre havia um ou dois homens a disputar a honra de ajudar a menina na colheita, e muito cedo descobri que o jeito para que ao menos fossem as atenções divididas era andar mais pelada do que a média da aldeia. E foi o que fiz.

Quando me tornei pajé, no entanto, a vida começou a sorrir mais para mim. O motivo é que era a glória para os homens da tribo deitarem no leito de um xamã, e assim desfrutei muitas noites de prazer intenso com dois, três, quatro, às vezes cinco índios diferentes. Pela manhã, nadava no rio, onde lavava meu enorme cabelo preto a bater na cintura e que desde sempre havia sido motivo de felicidade. À tarde, por fim, atendia a população, realizando curas com os ensinamentos passados pela sábia vovó Wilma.

Aqui, peço licença e abro parênteses para dizer que, dentre todas as perdas que tive na vida, nenhuma se compara ao roubo cruel de minha espiritualidade. É o que não perdôo à cultura dos homens brancos. Aquele somatório de livros que muitas pessoas me afirmaram serem indispensáveis... Ó, alma minha na qual já nem acredito! Ó Tupã, a cujos mistérios vovó Wilma me introduziu nas muitas noites que atravessamos em claro e que hoje para mim não passam de histórias inventadas! Tudo por culpa de Nietzsche, Freud e Marx – pulhas desgraçados!

Isso, no entanto, veio depois. No começo, foi só um contentamento de todo especial ao ver pela primeira vez um homem diferente de nós – homem de cabelos claros e pêlo no rosto ("Como os animais", diziam todos na aldeia) –, o que logo me deixou em brasa. E assim foi que num dia de calor em excesso vi chegar, numa pequena nau, José Silva e equipe.

Àquela altura, eu jamais poderia imaginar que o nome era dos mais comuns dentre sua gente – o que equivaleria a Juán Pérez, fosse ele espanhol, ou a John Smith, tivesse nascido na Inglaterra. Como não era nem uma coisa nem outra, chamava-se, assim, José Silva, o que para mim já era por demais original.

A fase mais terrível da minha vida estava então por começar, mas eu não sabia. Acontece que, para mim, o amor veio sem demora. Tão logo vi o homem robusto de barba castanha na proa do navio, senti *frissons* nunca dantes experimentados. Mas, para José Silva, não foi bem dessa maneira, e aos dezoito anos eu sofria pela primeira vez as agruras do amor não-correspondido.

Conhecemo-nos no rio. Eu estava entre as folhagens da margem quando José desceu do barco e avançou em minha direção sem saber que era olhado. O homem procurou um lugar para mijar e aconteceu de ficar o pênis branco oscilando a poucos centímetros de mim. Quando afinal sacudiu o negócio, não me contive e estendi a mão.

José a princípio se assustou, mas logo entendeu do que se tratava e, sem ver nada além de meu rosto e dos longos cabelos negros, apontou em minha direção o peru, que já se erguia. Não me fiz de rogado: sacudi o cacete com vontade, até não poder mais.

– Mim, José Silva – disse ele depois do gozo, para completa incompreensão minha.

Com algumas horas de conversa, porém, entendemo-nos o suficiente para marcar novo encontro. Dessa vez, à noite. E no dia seguinte, depois que o sol se pôs, encontramo-nos no mesmo lugar. José levou fitas cassetes e um gravador e disse que, com aquelas ferramentas, eu aprenderia facilmente a língua inglesa. "A minha não serve de quase nada. Essa aqui é melhor. No futuro, você vai me agradecer." De fato, devo isso a José.

 Aquela noite, ouvimos algumas fitas juntos, embora ele já tivesse aprendido o idioma. Depois, quando a madrugada esfriou – e nossos corpos passaram a exigir mais do que palavras –, José cantou *Teus cabelos nos ombros caídos Negros como as noites que não têm luar*, e então começamos a nos abraçar e trocar beijos. Ah, maldito momento! Ah, recordação mais dolorosa! Foi aí que começou meu sofrimento. José Silva tirou minha tanga e descobriu o que para mim era claro que já sabia: que eu era homem como ele.

 Recorrendo às poucas palavras que eu já sabia na única língua em que talvez pudéssemos conversar – língua que não era nem dele nem tampouco minha –, tentei convencê-lo de que estava tudo bem. Mas não houve jeito. De onde ele vinha, a coisa era encarada de outra maneira. Pobre José. Bem sei o quanto sofreu. O coração e o pau lhe diziam para prosseguir, mas a moral e os bons costumes exigiam que não se atrevesse.

 Passamos alguns meses assim. Ele, acabrunhado, a devastar florestas – missão para a qual fora ali enviado. Eu, triste como nunca, a viver apenas de fantasias secretas. Sim, papai – cacique que era – jamais poderia saber das afeições do filho por um rapaz da temida espécie branca. Tupã do céu, quantos momentos difíceis. Ai, como sofri sozinho!

 Um dia, no entanto, estava eu a caminhar pelo rio, quando ouvi meu nome ser chamado. Era José, escondido numas moitas. Em seus olhos, havia uma excitação diferente; nas mãos, a pequena sacola de plástico branca. "Nosso tormento chegou ao fim", disse ele. "Vamos poder ficar juntos".

E abro aqui mais parênteses: para que o leitor não pense que fui induzido. Jamais. Eu, na ocasião ainda Pocarropas, já havia muitas vezes pensado em como seria bom ser uma mulher completa. Dessa maneira, não foi nenhum crime da parte de José pensar em resolver o lado dele. Resolvia ele, dessa forma, o meu também.

Comecei a tomar os hormônios no dia seguinte. E em pouco tempo fiquei ainda mais feminino. Os poucos pêlos que ainda havia se foram; e a voz afinou mais, embora não seja segredo que ainda hoje é um tanto encorpada. As pessoas da aldeia, no entanto, começaram a notar, e não tardou muito a chegarem rumores aos ouvidos do chefe supremo, o cacique: meu pai.

Foi uma noite terrível. Ele, que nunca se valia dos outros efeitos das ervas que cultivávamos apenas com fins médicos, chegou em casa troncho. Ouvi poucas e boas. Que porra era aquela? Então eu estava de prosa com homem branco? E ainda tomava as merdas que ele estava trazendo da cidade para me transformar em alguma coisa que não era?

Ouvi calado. E calado ouvi mais: que os caras-pálidas ensinariam uma lição aos brancos. No dia seguinte, sairiam com arcos, flechas e tudo mais para mostrar aos estrangeiros que não se derruba florestas nem se come filho de índio impunemente. Chorei muito. Toda a madrugada, derramei lágrimas e mais lágrimas. Mas decidi: as coisas não ficariam assim.

Quanto ódio no mundo, não é mesmo? Sempre fui pacifista. Ah, não! O que é isso de árabe contra judeu, grego contra turco, branco contra preto, branco contra índio, branco contra a puta que o pariu? Não dá. Essa bosta tem de chegar ao fim um dia. Minha cota para o entendimento dos homens vindos de mundos diferentes fiz

Pocarropas

naquela manhã, quando, aos prantos, lancei-me sobre o corpo estendido de José Silva, assim impedindo papai de lhe cortar fora a cabeça.

— Lá se vai nosso almoço — ouvi alguém gritar.

— Mas chega! — bradei então, dando início a um discurso longo que, afora muitos bocejos tanto da parte dos índios quanto dos homens brancos, rendeu bons frutos.

José e eu nos casamos na aldeia, com cerimônia para lá de bonita. A lua-de-mel, já estava decidido, seria em Marrocos, onde resolveríamos assuntos ainda pendentes. Mas tinha um problema: eu sabia que era definitivo e que não teria volta. Na despedida, abracei papai com força e recebi dele o magnífico colar azul-turquesa que mamãe havia ganho por conta do casamento.

Tão logo chegamos enfim a Marrocos, botei silicone nos peitos e nas maçãs do rosto, cortei fora o pingulim e fiz as cinco únicas cirurgias plásticas de TODA A MINHA VIDA, as quais me dou o direito de não revelar.

Foram meses maravilhosos. José finalmente pôde viver o amor que o medo ou o preconceito não lhe havia deixado experimentar, e tivemos muitos momentos inesquecíveis. Depois de passearmos por toda a Europa, porém, um dia descobrimos que o dinheiro estava no fim e viemos para esse estranho país, que acabamos por adotar como nosso. Aqui, as oportunidades são muitas, e não demoramos a ganhar fortuna.

Com o tempo, no entanto, comecei a sentir falta da liberdade que tinha na terra natal e resolvi que só poderia me realizar por completo dando asas à fantasia. Virei cantora, apresentadora de programa televisivo — quem não se lembra? —, e por fim atriz. É verdade que em muito já fui atacada por andar sempre vestida com roupas que dizem ser extravagantes, e chegam a alegar que nunca tive sequer talento... Ora bolas, até Oscar já ganhei!

Aliás, quer saber? O tal relato autobiográfico acabou valendo como terapia. Estou mais leve só de contar minha vida! Chega de segredos. Basta de fofocas aviltantes em tablóides de quinta categoria. Eu sou assim mesmo, camaleônica. E estou satisfeita. Gosto de tudo e, sobretudo, de ousar. Não me limitei ao que impunha minha tribo; e não me restrinjo ao que determina a sociedade. É isso que me faz ser a celebridade que sou; é o que me faz ser Cher.

Mogli, Belo e as feras

Um

A vida na floresta já não era mais a mesma. Havia tempo as novidades não faziam parte do cotidiano, e os dias do menino-lobo transcorriam num enfado medonho. As brincadeiras pelos descampados já não despertavam interesse, e os riachos de água cristalina só tinham agora a função prática dos banhos diários, tendo perdido os encantos que, em outros tempos, tanto deleitavam o pequeno Mogli.

Quando chegou à floresta não se sabe vindo de onde, no barco em que se encontrava sozinho, envolto no manto branco de recém-nascido, o menino logo encontrou um lar entre a família de lobos local. Foi Rama, o pai, que, encontrou o barco atravancado na margem do rio e que, com a bravura que lhe era peculiar, inspecionou a embarcação, descobrindo apenas duas coisas de aparente valor: o menino de grandes olhos negros brilhantes que chorava uns soluços já fracos, e o aparelho bege quase do tamanho do bebê que, podia até ser que não tivesse de fato valor, mas que Rama decidira por bem guardar.

A infância do menino foi um verdadeiro mar de rosas. Dividindo o tempo entre as brincadeiras com os irmãos e a exploração solitária da região, num abrir e fechar de olhos, porém, descobriu ele uns pêlos que lhe cresciam aqui e ali, chegando assim – sem que desse por isso e por isso em completo desatino – à adolescência. Na confusão dos hormônios, viu-se o menino, ele próprio, confuso. E demorando-se mais do que de costume nos arredores do riacho, sentia uns arrepios que lhe obrigavam sem mais nem por que a fixar os olhos nos banhos isolados do urso Balu.

Desde sempre correra pela floresta o zunzunzum de que Balu era na verdade não um urso como os pais – que por sua vez garantiam a legitimidade do descendente –, mas antes como Mogli; que era humano enfim. Fato é que prós e contras havia para quem afirmasse uma coisa ou defendesse outra. Balu tinha o vigor, os pêlos, a estatura e os modos de urso, mas sob todas essas evidências havia sem dúvida feições humanas, e mesmo a disposição dos membros – se considerada sem que a ela se somasse a postura de animal – exigia sérias ponderações.

O pequeno Mogli, na miopia da paixão, não via nada que na constituição poderosa de Balu lhe pudesse desagradar. E então, todas as tardes, quando o sol estava já lá para as bandas das árvores de folhas vermelhas, era isto que na cachoeira havia: Mogli a encompridar a vista, escondido em meio a arbustos amarelos, e Balu a dar braçadas nas águas geladas do rio. Até que um dia – pois sempre há um dia – algo diferente aconteceu.

E foi que entre uma braçada e outra, entre um grunhir e outro e tudo mais, Balu arqueou o corpo para boiar, e o menino-lobo pôde então ver em riste o que sempre vira apenas em repouso. E como não tivesse mais controle sobre as próprias pernas, dirigiu-se Mogli à beira do rio, ele próprio com a pequena ereção a oscilar. E como também não tivesse mais domínio sobre as palavras, proferiu umas doidas que, em outro momento talvez nem sentido fizessem, mas que ali bastaram para o urso chegar mais perto e lhe abraçar.

A princípio, Mogli se deliciou com o cheiro, com o toque na pele de pêlos em excesso e também com a procura das mãos pelos músculos do braço, depois pela barriga dura e por fim pelo que fora a gota d'água do desejo progressivo. Depois, entretanto – e é pena que haja no mundo enfim tantos entretantos –, quando o urso, em meio a mais grunhidos se apertou contra o corpo jovem do pequeno e sem calma e sem pedir licença enfiou o enorme pênis no buraco apertado e virgem do menor em instinto alucinado, e também depois que o que talvez fosse até homem se transformou sem reservas no que era um inacreditável animal e, em movimentos duros e crescentes, esqueceu-se do menino e debateu-se como nem mais podia, depois de tudo isso e também de ter o urso parado e, acabrunhado, deitado-se de lado num cansaço de fim de tarde desesperada, o menino achou que não. Que fora um engano. Que fora o diabo de um erro. E que nunca mais haveria de se deixar levar pelo que era só aparente desejo.

Como não seria o mundo se fosse assim tão demasiadamente simples? Pois quantas são as decisões que tomamos resolvidos para, cabisbaixos e contrafeitos, nos vermos de novo no que era antes inevitável e impreterível? Dietas, valha-me Deus, por exemplo. Quem já não quis e ficou assim, a querer apenas? E como desde que o mundo é mundo acontece assim, e como são também universais essas pequenas desgraças que atingem a todos e a todos de igual maneira, passou-se uma semana antes que Mogli, em tortura aflitiva, tomasse afinal os rumos que davam no córrego dos banhos de Balu.

De novo, o que começou em deleite descambou em aflição doentia. De novo, o pequeno fez promessas e juras de nunca mais para si próprio e tomou o caminho de casa com olhos molhados e o corpo contraído.

A verdade, às vezes, é melhor que nem seja dita, que às vezes era melhor que fosse mentira. Mas enfim, dizemos: Mogli se viu nessa agonia não por algumas semanas nem por uns meses. Durante quatro anos, foi só esse desejo de estar e depois a vontade de não ter estado. Até que. De novo. Um dia...

Era uma tarde de sol intenso com céu azul e um pequeno arco-íris próximo à montanha do leste. Mogli andava de um lado para o outro à procura de algo que fazer e, na busca, deparou-se enfim com o aparelho bege que Rama havia decidido guardar quando encontrou a criança no barco. Curioso, o jovem abriu a caixa de papelão e deu com o livreto que seria seu companheiro durante as quatro estações seguintes.

Não se sabe como, e talvez nem mesmo o garoto possa explicar de que modo a coisa se deu. O negócio é que, depois de muito matutar e de passar horas lentas a folhear o pequeno volume, o menino-lobo aprendeu a ler. Viu então que o objeto em mãos era um manual e que o aparelho bege se tratava de um *notebook*. Com alguma dificuldade, conseguiu ligar o aparelho – que ninguém se pergunte de onde tirou energia – e logo navegava na *web*. Pouco tempo depois, encontrava uma boa sala de bate-papo e travava conhecimento com aquele que seria seu único e grande amigo para sempre: Belo.

Mogli, Belo e as feras

Dois

Aribelo Monteiro Abraão era louro e tinha olhos azul-piscina. Filho único de abastada família moradora do mais nobre dentre os mais nobres bairros da cidade grande, crescera em meio a mimos e encantos de faz-de-conta. Aos sete anos, sofrera o primeiro e único trauma da curta existência: entendeu que boneca é para menina e carrinho, para menino. Sobreviveu.

O garoto desfrutou todos os luxos e viajou para cada um dos muitos cantos remotos do planeta que ousou apontar no mapa-múndi do escritório do pai. Na escola, não havia notas excelentes, mas não importava. O dinheiro era muito e a felicidade até existia. Belo, no entanto, sentia às vezes um vazio no peito para o qual por nada nesse mundo saberia dar nome. E assim era que se encontrava triste e à procura de algo que lhe tomasse o lugar do vazio, quando Maximiliano Ferer se mudou para a cobertura do prédio.

Foi com muita curiosidade que Belo divisou a chegada do novo vizinho pela janela do quarto, pois que Maximiliano era sem sombra de dúvida o maior homem que já havia visto – e também o de aparência mais selvagem –, fato que lhe causava uma inquietação inédita. De longe, pôde apenas entrever o rosto duro, o olhar desprovido de qualquer doçura e os braços roliços que terminavam nas mãos vigorosas. Uma semana depois da mudança, quando já tinha descoberto a pontualidade das saídas de Maximiliano – sempre às dez da noite –, Belo vestiu o short de *lycra* usado para fazer aeróbica, puxou-o até as popas macias de brancura extrema se deixarem à mostra e esperou que o elevador fosse chamado pelo décimo terceiro andar.

Dito e feito: àquela hora, o elevador começou a lenta escalada, e o coração do pequeno Belo ficou aceso. Quando por fim o ascensor chegou, o menino abriu a porta e, com assombro, viu o que durante uma semana ansiara por ver de perto: o rosto quadrado – de mandíbulas salientes, boca rude, sobrancelha esquerda falhada, cicatriz na testa proeminente e olhos ameaçadores – e o corpo de dois metros de altura com tórax volumoso e membros rijos cobertos de pêlos duros.

– Oi, sou Aribelo – disse o menino ao entrar.

– Prazer, Max Ferer – respondeu o vizinho a lhe apertar a pequena mão trêmula. – Tudo bem?

Na descida, Belo se pôs a amarrar o tênis que a bem da verdade já estava amarrado, ficando então de costas para o homem. E como o prédio era antigo e assim era o elevador – desses que demoram e de cuja demora às vezes até nos podemos valer –, o garoto foi chegando a bunda empinada para os lados da mão direita de Maximiliano que, ao sentir as nádegas a lhe roçarem os dedos, deixou-se ficar. Mas como tudo que é bom um dia acaba, e também porque não há lentidão de ascensor que permita um brotar maior de potencialidades, chegaram enfim os dois ao térreo e despediram-se com sorrisos breves e entrecortados. Essa foi a primeira vez.

Outras tentativas houve, porém. Que Belo era menino acostumado a ter tudo que desejava e não havia empecilho nesse mundo que fosse de fato empecilho. No elevador, na piscina e na sauna do condomínio tentou o menino despertar o desejo do trintão bem-apessoado com cara de mau. No elevador, de novo amarrando o tênis evidentemente já amarrado. Na piscina, fingindo não enxergar com os óculos de mergulho debaixo d'água e assim indo parar entre as pernas do homem. Na sauna, olhando de maneira fixa para o volume formado no calção de banho do vizinho.

Maximiliano, contudo, fugia. Escapava. Seria medo? Porque desejo o diabo sentia. Era patente, manifesto. Belo refletiu sobre o que fazer e nos caminhos tortuosos da reflexão descobriu a criada Luz, mulata de vinte e poucos anos que Maximiliano trouxera consigo de onde quer que tivesse vindo. O negócio era se amigar com a mulher a fim de descobrir mais sobre o objeto de adoração – Max Ferer. *Meu Ferer, minha Fera querida.*

Luz se mostrou inclinada a um bom papo e de fato não havia nada de que gostasse mais do que jogar conversa fora. Houve um impasse inicial, porém, que se deveu às desconfianças da menina de que Belo estivesse antes interessado em seus atributos físicos – suspeita a que o jovem de pronto deu fim, contando de sua falta de apetite pelo sexo oposto.

– Ah, bom, que sou mulher direita e tenho noivo – disse ela em suspiros de alívio.

O maior problema com que se deparou o pequeno Aribelo, então, foi o estado de reticências em que entrava a doméstica cada vez que o nome do patrão era mencionado. A verdade é que muito pouco – ou antes, nada – se sabia sobre o misterioso morador da cobertura. Havia quem jurasse que era bicheiro, traficante, negociante de armas e o escambau. E as mulheres eram unânimes em afirmar que jamais haviam conhecido homem mais repulsivo, embora duas já tivessem sido vistas saindo de seu apartamento em estado de graça.

Contribuía para o silêncio em torno da enigmática figura o fato de que no prédio era acordo tácito não perguntar da vida alheia, e o motivo era simples: que ali havia, entre outros profissionais, bicheiros, traficantes, negociantes de armas e o escambau. Maximiliano Ferer podia permanecer calado.

Com o tempo, no entanto – e depois que Belo ganhou a confiança da empregada com passeios inusitados pelos cantos mais sofisticados da cidade –, Luz se mostrou menos inibida quando o assunto era o amo. No transcorrer das semanas, o menino descobriria que Max Ferer era um empresário milionário vindo do sul do país. Que jamais havia se casado. Que hoje vivia dos aluguéis dos muitos imóveis angariados nesse e em outros países. Que era um doce. Que era homem muito bom. Que não, não tinha ninguém nesse mundo além dela, Luz. E que era infeliz desde que.

Mas não havia nada que fizesse a mulata ultrapassar esse ponto. E não tinha restaurante, boate, viagem a cidades litorâneas nem jóia que fizesse a mulher desembuchar. Houve um sábado, porém, diferente dos outros. E o caso é que era aniversário da criada: 23 anos não se faz todo dia, e Belo resolveu que sairiam para comemorar.

Em geral, a moça não bebia, que era contra a religião, e o noivo – que havia seis anos morava no exterior com vistas a conseguir dinheiro para o casório – não admitia. Mas hoje – vá lá – até podia se dar ao luxo. E assim foi que Luz começou a noite dando dois goles tímidos no copo de Aribelo e terminou dançando nua em cima da mesa de animados adolescentes estrangeiros.

Antes, contudo, revelara – para incredulidade do pequeno Belo – a história que gerava todo o mistério em torno do patrão. E era: que Maximiliano havia sido um jovem tão arrogante que terminara por – acredite apenas quem quiser, não é obrigatório – ser amaldiçoado por um pai-de-santo. E todos os traços doces do rapaz, que outrora em muito contribuíram para que tivesse a seus pés as mais lindas meninas da cidade em que morava, haviam então endurecido no semblante que hoje exibia. E também o corpo bem-feito de atleta vaidoso crescera em muito e de maneira desproporcional.

— Para reverter o quadro — acrescentara Luz com os olhos revirados e tendo já se livrado do bustiê preto — só com amor. De verdade. Desses de televisão: dos dois lados.

E depois concluiu:

— É por isso que o patrão não quer saber de mais ninguém. Até se desafoga com umas donas vez ou outra, mas foge de quem gosta como o diabo da cruz. É medo. Que feio daquela maneira, vai acabar ficando apaixonado, sem ser correspondido.

Ora, ora, ora, o que não é a intuição? Pois para o pequeno Belo era certo que o vizinho nutria por ele algum sentimento. Só não sabia que era especial, o que para o menino, aliás, era indiferente.

Na segunda-feira seguinte, Belo tocava a campainha da cobertura com um pavê de chocolate na mão e o mesmo short de *lycra* apertado a não dar conta de lhe cobrir as nádegas. Maximiliano convidou o menino para entrar e, desconcertado com a presença inusitada, foi partir o doce na cozinha enquanto deixava o pequeno à vontade na sala. Quando voltou, tocava no aparelho de cd *E lá no fundo azul Na noite da floresta A lua iluminou a dança, a roda, a festa.*

Belo dançava descalço sobre o tapete vermelho e, tão logo viu o homem parado no vão da porta com os pratos, foi a seu encontro e lhe deu um beijo no rosto. O que aconteceu em seguida foi uma luta de estados: a excitação calma de Max contra o ardor em fúria do menor. Aribelo arrancou a camisa, a calça e a cueca do homem e se delei-

Mogli, Belo e as feras

tou com o tamanho descomunal de pernas, braços e pênis. Não houve centímetro quadrado do corpo avantajado de Max que a língua voraz do menino não percorresse em desespero.

Depois, no entanto, quando por fim se viu livre do pequeno short e da camiseta e pôde se entregar aos caprichos do vizinho, houve um momento de perturbação: quando notou que os toques de Maximiliano eram ternos e suaves, assim contradizendo a violência que os músculos volumosos sugeriam. Por exemplo: foi com tanta ternura que Max enfiou o cacete de proporções homéricas na bunda virgem de Belo que a dor do pequeno foi quase pouca.

No fim, houve o gozo mútuo e um excesso de carinho ao qual Belo achou melhor dar logo um basta:

— Vou para casa — disse.

Nas semanas seguintes, foi um aprendizado só. De Belo dizer que era assim, e não assado. E que tapas, puxões de cabelo, palavrões, desaforos, apertos, vermelhões e despreocupação "é tudo bom e eu gosto".

Ferer, por sua vez, aprendeu. Com o tempo, tornou-se o que o garoto exigia — e mais. Pois ainda tinha a seu favor o corpo que, como fazia questão de comentar Aribelo com a incrédula Luz, era TU-DO.

O amor. É um pássaro rebelde. É como um laço. É fogo que arde sem se ver. E é enfim o que sentia Maximiliano pelo jovem que, de forma tão inesperada, havia entrado em sua vida. Não ser propriamente correspondido era um problema, mas Ferer achou por bem aguardar — com as esperanças de uma adolescente — que o tempo desse cabo de mudar a situação. E assim foi.

Num domingo de sol intenso e depois de uma sessão interminável de sexo desprovido de cuidados que com algum custo Belo por fim infundira na cabeça do vizinho, o menino se viu de repente sentindo algo mais. Com as nádegas vermelhas ainda ardendo dos tapas fenomenais recém-desferidos e encontrando-se afundado sob o corpo suado do homem, Aribelo Monteiro Abraão experimentou pela primeira vez o famoso calor no peito que jamais imaginara conhecer.

O fato é que tão logo avistou o pássaro rebelde, notou a tensão do laço e divisou o fogo ardendo, Belo sentiu a massa volumosa que tinha sobre si diminuir de tamanho e, ainda em estupor, viu Maximiliano voltar ao que de fato era: cabelos castanhos, olhos verdes, estatura média, braços médios, pernas médias, peru médio, de beleza nobre e altiva. Merda: houvera amor e fora recíproco – o encanto se desfizera, o que trazia junto o desencanto de Aribelo.

Maximiliano, por sua vez, ao ver a própria transformação e sobretudo ao saber que se devia ao amor genuíno do adolescente, não pôde conter a felicidade e, nos dias que se seguiram, nem bater mais no menino podia. Era um tal de presentes, propostas, beijinhos, abraços, chamegos e outros dengos, que Belo se viu obrigado a inventar compromissos, estudos e provas difíceis de português, física e matemática. O menino, em barafunda emocional, pediu então ao pai um computador, conectou-se à *web* e conheceu aquele que seria seu único e grande amigo para sempre: Mogli.

Três

Mogli contou da vida na floresta e do amor que recebera de todos os animais da região, escrevendo com ares de desalento: "Sempre dependi da bondade de estranhos." Falou também da pseudo-relação que tinha com o urso Balu e dos frangalhos em que se encontrava seu pobre coração.

Belo comentou as viagens que fizera pelo mundo e explicou sem embaraço a rotina de menino rico. Falou ainda de Maximiliano Ferer e da análise que, havia alguns meses, começara a freqüentar. "O psicólogo acha que é por ser mimado que estou atrás de um homem que me trate com descaso", explicou um dia para o menino-lobo. E depois concluiu que de fato: daria o reino por um cavalo.

E vemos então que o improvável acontece. E mais do que se pensa. Pois quem diria que um garoto da cidade grande, vivido e de alta classe, fosse conhecer a verdadeira amizade com um pequeno inocente crescido nas selvas como Mogli? Mas assim foi. E foi também, que numa noite de insônia de Belo, ocorreu-lhe como em sonho uma idéia que considerou por demais genial.

Na lista que escreveu em alta madrugada, havia apenas dois itens: 1) Falar com papi; 2) Falar com Max. No café da manhã, o adolescente levou exatos três minutos para convencer Ariundo Abraão a lhe dar de presente um pequeno monomotor. No almoço, foi ter com Ferer e, depois de beijos e abraços, persuadiu o namorado a passar um mês na floresta remota.

Os preparativos da viagem se arrastaram alguns meses porque Belo precisou tirar o diabo do brevê. A licença acabou lhe custando algumas aulas a menos do que o estabelecido e uns poucos milhares de dólares a mais. Num dia de julho – "que também não sou louco de ir no verão para lugar sem ar-condicionado" – partiram Belo, com o coração inflamado a contar com as futuras possibilidades, e Ferer.

A viagem de poucas horas foi dura para Max, o que se deveu não apenas ao enorme receio pelos dotes de pilotagem do amado, mas também à sensibilidade usual do estômago. Belo, embora tentasse sorrir para acalmar o homem, não conseguia disfarçar a enorme irritação. Voando sobre os muitos campos verdes, rios caudalosos e vales escarpados, as únicas palavras em que pensava e numa insistência atroz eram *gato, por* e *lebre*.

Amor à primeira vista é coisa em que não acreditamos e por isso teimamos em não aceitar o que afirmam Mogli, Belo e Max Ferer. Mas como a história é deles e não estamos no direito de contrariar, limitamo-nos a deixar clara nossa posição e seguir adiante com o que os três dizem afinal ter se passado.

Pois que tão logo o monomotor batizado Shirley Temple pousou, e pouco depois do abraço apertado que se deram enfim os amigos internautas, os corações do pequeno Mogli e de Ferer começaram a bater em compasso. Observando os olhares recíprocos e atentos dos dois, Belo sentiu com convicção que dessa vez havia enfim estado certo.

À noite, depois da pequena ceia, o jovem alegou indisposição súbita e foi se deitar, deixando o menino-lobo e Max sozinhos à luz bruxuleante da fogueira. À beira do lago e sob a lua enorme, o que se passou então foi o desenredo que, sonhando acordado, tantas vezes imaginara o pequeno Mogli: beijos doces e demorados, toques suaves, silêncio, calma, atenção, carinho e tudo mais que decerto faria o estômago de Aribelo revirar.

Depois, no entanto, Mogli passaria a noite em claro. E é que, embora soubesse do desamor de Belo por Maximiliano, achava o negócio traição. Foi com os olhos rasos d'água que se dirigiu ao amigo para contar o que no des-

vario da madrugada tinha se passado. "Mas é para isso que vim aqui", foi a resposta inesperada de Belo. "E agora trate de me dizer onde acho o tal Balu."

No fim da tarde, seguindo as orientações do menino, Belo subiu os penhascos em agonia, desceu o terreno matagoso aos trancos e deu por fim no rio em que nadava o urso. Como havia imaginado: um físico de fazer inveja a qualquer *bear* do planeta. Sem muito pudor, o menino tirou as poucas peças que vestia e foi se banhar no lado oposto ao que se encontrava Balu.

E como o urso não avançasse nem desse mostras de interesse e também porque com tamanha indiferença o garoto se visse ainda mais excitado, Aribelo subiu numas pedras, ficou de quatro e levou as mãos às nádegas para separá-las. Balu entendeu afinal a mensagem e se dirigiu para onde estava o garoto com o cacete já em riste.

Mas quanta brutalidade!, pensou Belo ao sentir finalmente as violentas arremetidas do animal. *Quanta maravilhosa selvageria!* O ápice do prazer do menino, porém, se deu no clímax do urso que, sem esperar pelo gozo do parceiro – pois para a satisfação dos outros não dava a mínima –, ejaculou aos grunhidos de "Eta ferro!"

Desenlace

A despedida foi dura para Mogli. O pai, a mãe, os irmãos, o amigo elefante, a pantera negra e mesmo a serpente apareceram para dar adeus ao menino, que não escondeu a tristeza que sentia por abandonar o que desde sempre fora seu lar. Com o apoio de Max, no entanto, e também com as promessas de que sempre voltariam para visitar, o menino-lobo entrou afinal no monomotor, onde já aguardavam Belo e o carrancudo Balu.

Ventos de cauda ajudaram a levar o pequeno avião, que pousou no aeroporto da cidade grande depois de algumas horas de céu claro. A princípio, Mogli estranhou os prédios e tudo mais. Só a princípio, porém. Com o tempo, Maximiliano lhe apresentou todas as delícias da civilização, e o menino se deixou seduzir pela paisagem urbana.

Mogli acabou se formando em estilismo e montando um ateliê de enorme sucesso, o que lhe propiciou muitas incursões aos centros universais da moda, sempre em companhia do adorado Ferer. Com a fábula que ganhava, tornou-se um dos mais generosos sócios da Fags For Wildlife, contribuindo em muito para o crescimento da organização defensora da vida animal selvagem – e vale ressalvar que todas as criações do aclamado costureiro sempre foram de material sintético.

Belo e Balu, tão logo chegaram à cidade, resolveram viajar à meca da cultura gay, a fim de conhecer um pouco mais da tão falada comunidade. Em San Francisco, esbaldaram-se nos muitos clubes e descobriram juntos o fetiche do couro e de outros artifícios – experiência que deu a Belo outra idéia maravilhosa. De volta ao país, montaram o clube sadomasoquista Be My Little Baby e continuaram vivendo as arriscadas fantasias que envolviam crueldade e violência. De fato: cabe dizer que havia dias em que o menino não podia nem sair de casa por conta de hematomas que as roupas não davam conta de esconder, mas – fazer o quê? – estava que era só alegria.

E assim seguiu a vida. Nos dias úteis, entregavam-se todos ao trabalho; nos fins de semana, reuniam-se sempre os quatro em algum lugar para partilhar a eterna felicidade. Porque eram felizes os casais. Cada qual na sua – a desfrutar o que lhe agradava entre os incontáveis prazeres que a vida, sendo múltipla e inexplicável, oferecia.

Mogli, Belo e as feras

Os três lombinhos

Madrugada ia alta quando o lobo sentou afinal sobre o chão de terra batida em frente à casa de Heitor e deu três bombadas de Aerolin na boca a fim de afastar a crise asmática que, a essa altura, já se mostrava incontrolável.

Não era para menos: nas quatro últimas horas só fizera correr e soprar. Primeiro a casa de palha, depois a de madeira e, por fim, a resistente construção de tijolos para onde haviam fugido Cícero e Prático e que, por nada nesse mundo, conseguira derrubar.

Agora estava exausto, e duas horas se fizeram necessárias para que a respiração ofegante e arrastada retomasse ao menos uma sombra do ritmo de praxe.

Foi quando, derrotado, o lobo ouviu ruídos vindos da casa.

A princípio, eram apenas gemidos espaçados e uns poucos gritos roucos. Depois, finalmente, três frases bem claras isoladas: "Deixa eu comer o seu lombo", "Quero sentir esse toucinho" e "Isso é que é trepada, meus amigos!"

La Chapeleta Roja

A pulga gorda que durante sete anos viveria atrás da orelha de Helinho Andrada nasceu no mês de abril em que Júnior falou pela primeira vez.

– Guirlanda! – disse o menino, a contrariar as insistentes súplicas de "papai", "mamãe" ou "vovó".

Helinho de pronto engasgou com os flocos do bombom crocante que comia e não tardou a sentir a coceira que para o resto da vida haveria de experimentar atrás da orelha. Explicações para o caso, entretanto, era o que não faltavam.

Em primeiro lugar, Sônia Maria Andrada era profissional autônoma nas artes da decoração de festas e ambientes, e os oito meses que antecederam o nascimento do filho acabaram sendo, inexplicavelmente, os mais atribulados na carreira da mulher. Nunca houve tanto casamento, festa de quinze anos, bodas de prata e – porque assim é a vida afinal – velórios na vida de Sônia Maria, que então se viu obrigada a trabalhar em dobro justo na época em que desejava apenas ficar deitada no sofá curtindo a gestação.

Quando Júnior nasceu, a mãe, que não era contratada de ninguém e portanto estava à deriva no jogo perigoso do acaso – como estão, por exemplo, os escritores – não desfrutou os quatro meses plenos da licença, que ninguém deu. Três semanas depois do parto, Sônia Maria voltava ao trabalho, e a casa retomava os ares de festa constante. Pelos quatro cantos, era só essa orgia de miçangas, flores secas, rendas variadas, laços coloridos, sementes e papel crepom.

O menino então cresceu vendo a mãe criar, meio que por encanto, buquês, arranjos e guirlandas. E, como não bastasse, quando a mulher se lembrava afinal de dar uns poucos brinquedos ao filho, Júnior logo se cansava e punha tudo de lado, voltando novamente a atenção para a confecção primorosa dos objetos que em tanto ajudavam no sustento da casa.

Helinho era sapateiro de grande renome na cidade. Homem trabalhador, sempre fizera o impossível pela felicidade da mulher e não havia nas redondezas má língua que tivesse o que dizer de sua índole. Só vez por outra se esquecia ele de voltar para o seio do lar na hora e então se perdia nas ruas escuras de um bairro mais afastado para ver Casimira, a amante menos exigente do mundo. Entrava e saía ano, a mulher magra de grandes olheiras escuras não pedia nada a Helinho, afora – nas raras ocasiões em que ele ia visitá-la – que esfregasse a sola do sapato no batente antes de entrar.

Quando enfim entrava, deixava as roupas dobradas na cadeira de vime e se deitava sem pressa sobre o corpo que também nada pedia, afora que no fim Helinho tirasse o cacete devagar, e não de súbito, como quem tem pressa de se ir. Homem bom que era, nas poucas visitas à amante, Helinho sempre levava presente para o filho da mulher, que parecia crescer a olhos vistos e que tanto era motivo de preocupação. Atavino vinha andando com más companhias e, mesmo entre o grupo de malfeitores, já era conhecido como Lobo Mau.

Quando Júnior resolveu experimentar um arranjo de noiva no cabelo, quando cismou de entrar para as aulas de *jazz* e quando arriscou uma imitação muito autêntica e nada burlesca de Marilyn Monroe cantando "feliz aniversário" para o senhor presidente: foram esses alguns dos momentos que dona Aracy Arenga, vizinha dos Andrada, acredita terem contribuído para a morte quase súbita de Helinho que, aos 37 anos, levava para a eternidade, entre outras coisas, a pulga gorda que durante sete anos cultivara atrás da orelha.

Júnior estava com nove anos. Entrou no quarto do pai moribundo na ponta dos pés, como se não quisesse incomodar, e sentou na cadeira posta ao lado da cama. Helinho estendeu a mão, afagou o cabelo preto do filho e disse, "A vida é mais longa do que nós". Morreu então. Houve um grito, depois barulho, correria, mais grito, choro, orações, houve também silêncio. Depois, o céu derramou uma chuvinha fina. E ainda depois, tudo voltou ao normal.

Com a queda no orçamento familiar, porém, Júnior se viu forçado a ajudar a mãe nos trabalhos e se mostrou um menino de enorme talento e criatividade. Com o tempo, no entanto, houve necessidade de mais dinheiro, e Sônia Maria achou que o negócio seria Júnior procurar emprego, pois dos arranjos daria conta. E assim foi que, entre animado e temeroso por sair afinal da barra da saia da mãe, o menino foi buscar ajuda com as amigas de sempre.

Pois que sim: durante toda a infância e parte da adolescência, Júnior só pôde contar com a amizade de Quéli, Gilda e Sabrina – as trigêmeas arretadas que sonhavam ser detetive particular quando crescessem. Foi com elas que brincou de pique-cola, conheceu a maravilhosa Diana Ross e aprendeu a sambar. E foi com elas que assistiu a um filme no cinema pela primeira vez e depois não conseguiu dormir pensando no mocinho lindo que morria para salvar a namorada.

Por fim, foi também com elas que um dia ficou sabendo de sexo. Estavam os quatro na cama de Sabrina, e as meninas começaram a falar das sacanagens que já tinham feito: de quando o Augusto meteu nas coxas da Gilda, de quando a Quéli deu um beijinho no peru do primo e de quando a Sabrina estava sentada no colo do tio e percebeu que o pau dele estava duro.

E ele pensou: é vertigem isso? Pois que tudo girava. Então pode? Como é que é? Mas e se fosse de outra maneira? Assim: se eu, sendo menino, será? Que, assim, com outro menino, será? E foi em meio a tantas questões e envolto na teia do desejo que Júnior viu Aracy Arenga entrar no quarto das filhas sem bater e olhar para ele com a mesma cara de sempre:

— Toma jeito, menino — disse ela ao lhe entregar o suco de caju Maguary.

Mas voltando: talvez pudessem ajudar. Aquela tarde, Júnior encontrou Gilda saindo do Boteco do Mané e, aflito, explicou a situação em que se encontrava. Será que ela não saberia de um lugar em que estivessem precisando de alguém?

— Ô, Juninho, na sorveteria mesmo. O seu Bóslei acabou de mandar o Floriano para o olho da rua.

Coincidências à parte, e estamos novamente aqui: na sala de Sônia Maria e em meio a grande comoção. Pois quanto mistério envolve as ambições de uma mãe! Quanta perspectiva! *Ai meu Deus*, pensava Sônia Maria perdida nos sonhos mais lindos, *o primeiro emprego do meu filhinho!*

— Mas é só para servir sorvete — retrucava o menino.
— O começo, meu filho. Isso é apenas o começo.

E assim, às seis e meia da segunda-feira seguinte, Júnior terminava de vestir o uniforme — camisa listrada de branco e vermelho, calça vermelha e sapatos brancos — e seguia para o serviço com uma alegria tão tímida que podia mesmo parecer tristeza. Na mão, levava o pequeno boné vermelho com o nome da sorveteria estampado em branco: La Chapeleta Roja.

Aquela mesma manhã, num bairro mais afastado...

Atavino chegou tarde em casa depois de passar a noite com os amigos e teve alguns minutos para se vestir e seguir até a distribuidora de jornais em que trabalhava como entregador. Vestiu o uniforme, tomou café preto sob o olhar perdido de Casimira e ganhou a rua.

Na empresa, encontrou os amigos e jogou conversa fora. Pegou o montante que lhe cabia e seguiu com a bicicleta pelos caminhos de sempre. Fez todas as entregas, e por fim a dona da última casa convidou o menino para entrar. Era Beth Ortiga, a coroa enxuta e bem rodada que havia tempos estava de olho em Atavino.

— Acabei de fazer uns pãezinhos — disse a mulher com ares de coquete.

Atavino sem demora entrou, sentou e devorou metade do que havia na mesa. Depois, correu os olhos pela casa e deu na fotografia grande sobre a prateleira. Ora, pois se não era o amante da mãe, que surgia de vez em quando e havia algum tempo não aparecia.

— É o seu marido? — perguntou Atavino.

– Não – respondeu Beth com um sorriso que logo se perdeu no vazio. – Filho. E esse é o meu neto, Júnior.
– Ah.
Beth então convidou o menino para o sofá e desfiou a história de sua vida: do marido falecido, da diabete que lhe obrigava a recusar açúcar, da morte súbita de Helinho, das alegrias que o neto trazia – agora com emprego na sorveteria La Chapeleta Roja –, e disso e daquilo. Então botou a mão sobre a coxa de Atavino, que a deixou ficar. E a mão subiu pelo abdome, percorrendo os braços fortes do rapaz.
Com certa avidez, Beth então tirou as roupas do entregador e durante alguns momentos se deixou admirar. *Como é bela a juventude!* Depois ajoelhou entre as pernas do rapaz e se pôs a chupar o pinto ainda mole do garoto. E aí estava: que não queria subir. Beth passou a língua aqui e ali, fez peripécia bucal e nada. Já estava desistindo do negócio e achando que o problema era dela quando o cacete começou enfim a encorpar. E chupou, chupou, chupou até o menino lhe lançar na boca o que ela não ousou cuspir. Então olhou para cima e viu que ele segurava o porta-retratos com a fotografia do neto.
Atordoado, Atavino se vestiu às pressas, saiu direto para a academia e malhou com vontade. Depois, encontrou Pedro, e os dois foram para a casa de Geringonça, onde beberam, fumaram e falaram mal de pretos, judeus e veados. Quando o papo morreu, Geringonça mostrou a enorme tatuagem da suástica que havia acabado de fazer no ombro.
– Porra, maneiro, cara, legal.
Então Pedro pegou a máquina de barbear, e os três passaram nas cabeças já carecas. Aquela noite, como sempre, seguiram para o Clube da Raça, onde foram lidos manifestos que um dia levariam a um mundo melhor.

Penduradas na parede, havia duas fotografias: uma do Hitler e outra do Gracie.

– Hare, Hitler – gritou alguém.

– Hare, Gracie – responderam os demais.

O trabalho na sorveteria La Chapeleta Roja acabou sendo mais agradável do que Júnior havia imaginado. Era sobretudo a chance de conhecer muita gente, ver novidades e se divertir a valer com as trigêmeas que sempre fizeram parte de sua vida. O dono – o argentino barrigudo que chamavam de seu Bóslei – não era durão como nos sonhos mais temerários do menino e a outra funcionária, Jurema, terminava por tornar o ambiente ainda mais interessante.

Jurema era tão *hip*, tão *cool*, tão *fashion* e *avant-garde* que não havia palavra em português que a descrevesse. Via os filmes de Godard e Fassbinder, lia Décio Pignatari e Haroldo de Campos, gostava de Marcel Duchamp e Lygia Clark e era apaixonada pela Marlene Dietrich. Não era feia nem bonita, mas alguém que está para as pessoas como a melancia está para as frutas: parece antes uma piada de Deus.

A verdade, porém, é que Jurema contribuiu em muito para a formação de Júnior e, não fosse por ela, o menino jamais teria assistido a *Persona* – ou pelo menos nunca teria entendido –, jamais saberia o que é *Rosebud* e, sem sombra de dúvida, nunca teria se atrevido a ler poesia concreta. Foi com ela também que começou a freqüentar bares alternativos e conheceu garotos que pareciam ser, enfim, como ele. Uma vez encontrado o seu meio – o seu *habitat* –, Júnior viu então que era possível ser feliz. E a vida passou a transcorrer mais fácil.

Um dia, no entanto, entrou na loja alguém que seria pivô de muitas brigas entre os dois novos amigos e que diversas vezes botaria a relação em xeque. Aconteceu assim: Júnior havia acabado de tirar o Phillip Glass da Jurema e colocado sua fita preferida da Diana Ross, e estava fazendo coro como se fosse uma Supreme quando viu entrar pela porta o homem mais lindo em que já havia deitado os olhos.

Talvez tenha sido a farda, que tanto encanta a bicharada – para horror das tias intelectuais que só fazem se escandalizar. Mas enfim: entrou na sorveteria o policial Jom Ueine, e o coração de Júnior começou a palpitar em descompasso.

– O senhor quer uma ajuda? – perguntou o menino com delicadeza.

Jom apalpou o saco e respondeu, seco:
– Sorvete de baunilha no copo.

Quando o homem foi enfim se sentar, Júnior falou com Jurema dos abalos que estava sentindo, mas a amiga nem tentou esconder a reprovação.

– Mas Ju! Ele é lindo! – insistiu o menino.

Ao que ela respondeu:
– Você é quem sabe, mas toma cuidado.

O menino não conseguia sequer despregar os olhos do policial que, entre uma colherada e outra do sorvete, passava a mão no pau como se não desse conta de estar sendo observado. Depois, encarou o menino e apontou para o banheiro. Com as pernas bambas mas sem resistir – porque não há nada como o tesão para vencer o medo, o que, aliás, é de *dar* medo –, Júnior seguiu os passos do homem, e encontrou-o já num dos urinóis. Com o cacete endurecido, o homem indicou a cabine, e Júnior entrou.

O coração, na mão. O coração, saindo pela boca. O coração, à toda. E ali dentro foi isso: de o homem forçar a cabeça do menino para o pinto e de Júnior sentir pela

primeira vez o gosto e de tomar gosto pelo negócio. E só. Quando gozou, o policial deu um sorriso sacana e falou:

— Boquinha de veludo!

Foi embora.

Uma semana se passou para que Jom Ueine voltasse — semana que transcorreu devagar como os dias de solidão no inverno. Foi por essa altura que o careca forte de olhos claros sempre vestido de calça cáqui e camisetas largas a mostrar os músculos graúdos do braço começou a freqüentar La Chapeleta Roja com assiduidade. Júnior, porém, não prestava atenção em mais nada. Agora só fazia cantar *You can't hurry love You just have to wait* com tristeza pelos cantos.

Quando o policial finalmente entrou pela porta, o menino de pronto esqueceu a longa espera e foi atendê-lo com presteza e enorme embaraço. A verdade é que não sabia o que fazer. Na dúvida e na atrapalhação das possibilidades, sorriu sem graça e perguntou:

— O senhor quer uma ajuda?

Jom apalpou o saco, e dessa vez respondeu, ainda seco:

— Mais do que isso. A que horas essa bundinha está fora daqui?

— Só às dez.

— Volto às dez.

E então vemos que o que se falou de espera não é nada. Comparada a essas horas torturantes que não passam por nada nesse mundo, aquela semana correu como dias ensolarados de férias em ótima companhia. Às nove horas, Júnior ligou para Sônia Maria e disse que devia chegar mais tarde em casa. Às nove e meia, já estava pronto para sair e, às dez, entrava no carro branco estacionado em frente à Chapeleta.

Jom dirigiu o automóvel para o motel a algumas quadras dali e, tão logo os dois entraram no quarto, começou a forçar novamente a cabeça do menino para o pinto. Dessa vez, porém, Júnior se esquivou e, procurando se acalmar, disse que gostaria de conversar um pouco, que tal?

O garoto contou da família, do trabalho e da escola e, para incredulidade sua, ouviu Jom Ueine falar da mulher, dos dois filhos e da carreira na polícia.

– Mas então você é casado?
– Algum problema?
– Não, só que...

O homem tirou para fora o peru latejante, e Júnior perdeu o fio da meada. Quando afinal deu por si novamente, estava de quatro agüentando uma dor que parecia não ter fim até que por fim teve. E então gostou: Jom pediu para ele rebolar, e ele rebolou; pediu para ele gemer, e ele gemeu. Depois o homem começou a meter com mais pressa e gozou arquejando.

– Sabia que você foi o meu primeiro? – perguntou o menino.

– É mesmo? Gostei de saber.

Jom Ueine então tirou o preservativo do peru já flácido, vestiu as roupas e disse:

– Deixo você no ponto. Toma cuidado, cara. Nego adora dar porrada em veadinho.

Atavino saiu de La Chapeleta Roja com uma sensação desagradável a lhe apoquentar as idéias. Não sabia por que insistia em tomar aquela bosta de sorvete todo dia e já estava mesmo cansado de pegar dois ônibus para ir tão longe a troco de uma casquinha. Aquela noite, como sempre, saiu com Pedro e Geringonça para infernizar a vida de negros e travestis, depois foi para a festa no Clube da Raça. Quase todo dia era a mesma coisa: os noventa membros da associação se reuniam com drogas, bebidas e fitas de sacanagem no grande ginásio em ruína de uma escola abandonada.

O que acontecia nessas longas noites que varavam a madrugada e às vezes chegavam a adentrar o dia nenhum deles saberia precisar. O começo era simples: chegavam, falavam de luta, short de *lycra*, suco de açaí e superioridade racial, bebiam, cheiravam e tal. Mas depois, tudo ficava confuso, e não havia quem conseguisse se lembrar.

Aqui está, porém: lá pelas tantas, depois de todas as fitas de sacanagem terem sido exibidas e de não haver gota em garrafa de vodca para contar a história, o careca A começava a se esfregar no B, o careca C botava o pau para fora e o D vinha mamar, o E surgia do nada para engavetar o D, e assim por diante. Às três ou quatro da manhã, a quase centena de *skinheads* estava toda despida e se entregava sem pudores a jogos sexuais que deixariam Sade encabulado. No dia seguinte, porém, a famosa amnésia etílica atacava a todos, que então voltavam a bater em todo mundo e comer a orelha uns dos outros.

Depois de mais uma dessas noites tão fervorosamente vividas e esquecidas, Atavino procurou novamente Beth Ortiga a fim de testar a própria libido, da qual já não estava tão seguro. Afinal ali estava: Beth era uma coroa enxuta, de formas arredondadas e extrema feminilidade, expressa nas cores solares com que pintava o rosto e os cabelos e também com que se vestia. A mulher era experiente e deixaria muita garota no chinelo. E o menino, por mais que a idéia lhe interessasse, não ficava a ponto de bala como gostaria de propagar.

Atavino bateu à porta da casa e foi atendido com dengo por Beth, que parecia ter acabado de acordar. Os dois seguiram então para o quarto e se despiram com

fúria, mas depois, por mais que a mulher se esforçasse – e a bem da verdade até bananeira chegou a plantar –, o peru de Atavino se manteve inabalável. Por fim, quando desistiram de mais tentativas e Beth ligou afinal o rádio am, Atavino se pegou perguntando pelo neto da coroa.

Beth, que para um bom bate-papo não tardava a se animar, contou então da infância do menino e se perdeu nos detalhes de histórias passadas. Falou das boas notas no colégio, da presteza com que ajudava a mãe e de todos os talentos do garoto. Por fim, com os olhos grudados na quina do teto, falou num desabafo a meia voz dos receios que a vizinha Aracy Arenga metera na cabeça da família: de que o menino fosse, como dizer?, meio fruta.

Não que importasse! Para ela, seria sempre seu neto adorado. Mas tinha medo: do que se lia no jornal, das dificuldades que o menino poderia ter de enfrentar, de que acabasse por levar uma vida difícil e de que, para tudo, tivesse de lutar em dobro ou mais.

A essa altura, porém, Atavino já não prestava atenção. A cabeça do garoto dava voltas. Pois como é que é? O menino era veado?! E como é que ele, Atavino, não se dera conta antes? Estava claro: Júnior era uma princesa, com todos aqueles trejeitos de... O que é que estava havendo, porra? Voltando para casa, ainda pensou, *O cara, aí, boiola. É falta mesmo de porrada!*

De tarde, porém, quando afinal se encontrou com Pedro e Geringonça, não comentou nada nem sugeriu aos dois que passassem na frente da sorveteria à hora de fechar, para que pudessem enfim endireitar o rapazola. E ainda inventou desculpa para ir embora mais cedo. Depois, a caminho de casa, tentou entender o porquê de não propor darem logo uma surra na bichinha, e concluiu que *nesse maluco dou jeito sozinho e depois.*

Nesse mesmo dia, quando, à hora de sempre, Atavino se preparava para ir à Chapeleta, viu Casimira arrumada para sair – o que aqui é só modo de dizer, pois a calça chumbada e a camiseta preta jogada por cima não dariam conta de arrumar ninguém – e até pensou em perguntar aonde a mãe ia, mas logo se conteve, limitando-se a olhá-la como quem olha um desconhecido. Viu então as mãos muito brancas, os cabelos opacos e os olhos assustados de quem sempre espera pelo pior.

O que Atavino não viu foi a mãe bater o portão da frente exatos dois minutos depois dele próprio e traçar o mesmo caminho que o seu. Casimira, aflita e preocupada, se cansara de aguardar pelo dia em que o filho contaria no que andava metido e resolvera ir atrás da verdade. Para descobrir o que quer que fosse, agora seguia o filho.

De longe, avistou Atavino entrar no ônibus e tomou um táxi. Quando, quase uma hora depois, o menino desceu do segundo lotação e entrou em La Chapeleta Roja, o rosto da mulher quase se iluminou. Seria só isso? Por via das dúvidas, saltou do automóvel e se pôs a espiar do lado de fora. Mas só divisou o filho sentado numa cadeira afastada vez por outra olhando para o balcão, onde três meninas idênticas soltavam risinhos e sacudiam os cabelos, uma outra se entretinha no que parecia ser um livro e, por fim, um adolescente sonhava acordado, olhando alguma coisa que não existia.

Somente uma hora mais tarde, Atavino se levantou afinal para sair e então Casimira, aliviada e até com um quê da desconhecida alegria, entrou na casa pintada de branco e vermelho resolvida a tomar um *sundae*. Foi Jurema que, sentindo a presença à frente, disse "Pois não" enquanto ainda mantinha os olhos pregados no pequeno volume em mãos e lia, "Que difícil é, neste mundo, entendermo-nos uns aos outros!". Quando por fim suspendeu o rosto, deu com as vistas em Casimira.

Ah, meu Deus! É verdade que pode ter sido influência do romance de amor doído. Mas também é fato que de fato acontece: isso de estarmos na rua e vermos, às vezes na outra calçada, essa pessoa que – sabemos – poderia vir a ser o nosso eterno bem. E é o que afinal pressentia Jurema ao ouvir, inebriada, "*Sundae* de chocolate" e "Tem troco para cinqüenta?".

Pois que figura! Que mulher de traços surpreendentes! Assim: vestida com descaso absoluto e tendo nesses olhos de olheiras pretas uma nostalgia fugidia, parecendo enfim ter saído de uma tela do Munch. Sim: uma mulher expressionista.

O coração de Jurema pulava a ponto de a menina não conseguir somar e subtrair e precisar da intervenção de Júnior para dar troco à estranha. Depois de mais calma – quando Casimira já degustava o sorvete e Júnior ouvira todas as impressões que a mulher de preto causara na amiga –, Jurema juntou coragem e avançou até a mesa, recusando assim os conselhos de Júnior – que sugeriu que apontasse para o banheiro e resolvesse o negócio ali mesmo.

– Com as mulheres não acontece assim – explicou Jurema.

– Ah.

Mas estamos aqui: à mesa de Casimira, quando a funcionária então pediu para sentar e sem demora explicou seus motivos, mas com tanto tato e verdade que a desconhecida se viu lisonjeada e entregou-se à conversa que acabaria não ali, mas no bar da esquina e bem tarde.

Casimira falou dos assuntos que no geral lhe povoavam a mente, bem como de temas mundanos. Sempre olhando para o vazio. Discorreu sobre a vida, a irredutibilidade dos fatos e o fluxo para o nada, e também sobre as apreensões trazidas pelo filho, as eternas roupas a lavar e a casa que, com esforço, tentava manter de pé.

Jurema era só um grande coração aberto a pulsar. Quanto mais a outra discursava, mais a menina sentia ter encontrado alguém que lhe falava a mesma língua. Às três da manhã, Casimira alegou já estar "na hora" e Jurema, no susto com a possibilidade de para sempre perder a outra nas ruas superpovoadas da cidade, propôs para o dia seguinte uma sessão de *Jules et Jim*.

– Mas que seja na minha casa – observou Casimira.

E ficou combinado.

Nessa mesma noite, Sônia Maria sofreu o pão que o diabo amassou esperando pelo filho, que não chegava em casa. À meia-noite, começou a ler um dos romances açucarados que comprava na banca de jornal e que tanto bem lhe faziam depois de mais um dia de trabalho duro. Às duas horas, já tinha acendido uma vela e, às quatro, ajoelhara no quarto em que ficavam todos os santos, rezando fervorosamente pela vida do filho.

Sônia Maria era uma católica perfeita – dessas que por via das dúvidas deixam um copo d'água atrás da porta –, mas foi com o passar dos anos que viu a fé crescer. Muito cedo, perdera os pais de forma repentina, depois a irmã e por fim o tão amado Helinho. E, depois de cada infortúnio, a casa se via encher com mais imagens de gesso.

O fato é que não suportaria outra perda, muito menos da pessoa a quem mais adorava nesse mundo. Quando afinal Júnior chegou em casa – às quatro e meia da manhã –, primeiro Sônia Maria saiu em disparada e abraçou-o como quem encontra a salvação. Depois, ainda com os nervos à flor da pele, exigiu explicações e então notou o olho inchado do filho, que disse ter caído na escada da loja, mas que não era "nada, não" – e mais informações não deu. Sônia Maria voltou ao quarto de orações e, de olhos cerrados, agradeceu pela volta do menino, pedindo aos bem-aventurados que olhassem por ele.

A mesma compreensão não teve Jurema, que depois de dormir como um passarinho, acordou com ares de encantamento e antes de sair para a loja ainda pegou emprestado um disco da mãe. Quando Júnior afinal chegou à sorveteria, ela cantava *Como a abelha necessita de uma flor Eu preciso de você e desse amor*, pela primeira vez em muito tempo deixando de lado os sons experimentais de que tanto gostava. Pois o amor – grande brincadeira divina – tem dessas coisas.

Mas enfim: tão logo viu o inchaço no rosto de Júnior, adivinhou quem havia sido o responsável. Na hora do almoço, quando os dois puderam enfim ficar a sós, Jurema perguntou o que havia se passado e, embora ele se mostrasse hesitante e não parecesse nada disposto a falar, acabou se vendo forçado pelas pressões da menina.

E a história era esta: que ele e Jom Ueine estavam numa lanchonete e, animado por ser a primeira vez em que saíam juntos, Júnior se pôs a falar sem papas na língua e com desenvoltura. Acontece que tem sempre uns caras ou umas donas na mesa ao lado. E dessa vez eram uns caras, que disseram, "Olha como *ela* fala!". Mais tarde, quando estavam no hotel, Jom não teve dúvida: depois do sexo cavalar, deu um murro bem dado no olho do garoto, para que nunca mais fosse indiscreto e o fizesse passar vergonha.

– Só que depois ficou tudo bem, Ju. A gente se abraçou, e ele disse que está gostando de mim. Ele falou, "Nego adora dar porrada em veadinho. Mas se nego quiser dar porrada em você, antes vai ter que se ver comigo", foi o que ele disse!

Jurema tentou conter a indignação e, com frieza e imparcialidade, mostrar por a mais b que não havia sentido o amigo se sujeitar àquele tipo de tratamento, mas, quando viu que não tinha jeito, acabou se irritando com as explicações tolas do menino e falando mais do que gostaria: que ele ainda tinha muito o que aprender no mundo, que não passava de uma criança, que não conhecia nada da vida além das bobagens que Diana Ross cantava. E concluiu: "As músicas não prestam e, se você quer saber, *Mahogany* é um lixo."

Foi quando Júnior se levantou da cadeira, abalado. Então como é que era? Tudo bem que ele ainda tivesse muito o que aprender no mundo, que não passasse de uma criança e não conhecesse muita coisa da vida, mas dizer que... Ah, não! E os laços de amizade se viram de repente desatados e em meio a grande vendaval. "É nessas horas que a gente diz o que pensa", alegaria Júnior nas semanas seguintes, a cada nova tentativa de reaproximação por parte de Jurema.

Cada noite é sempre um dia a menos. Cada novo começo de ano que comemoramos animados em meio a fogos de artifício – e, com sorte, champanhe – é um ano a menos. O tempo arrasta tudo, rio cheio de marés altas que é. E, enquanto arrasta, leva saudades, amigos, palavras, cheiros, histórias que talvez alguém contasse. E leva rancores, o que então é a recompensa. O tempo também leva nossos piores sentimentos...

E assim foi que um dia, quando Jurema escutava *Vem seguir comigo o meu caminho E viver a vida só de amor*, Júnior se aproximou e disse, "Não agüento mais". E os dois se abraçaram, a um passo das lágrimas.

Jurema então contou do mar de rosas que estava vivendo e de todas as coisas pelas quais havia começado a se interessar por influência de Casimira. E Júnior falou das melhorias na relação com Jom, mas não se demorou em detalhes. Jurema falou da loucura de estar namorando uma mulher viúva e mãe de um filho. E Júnior procurou pelo que contar, mas achou que mais valia ficar calado.

– E nós sempre passamos a noite na casa dela – observou Jurema, em estado de graça.

– Mas não é longe para você?

– Um pouco, mas o que importa?

Então Júnior se lembrou de que na noite seguinte teria de ir àquelas bandas levar a torta dietética de maracujá que sempre fazia para a avó.

– De repente, a gente se vê por lá.

– Ótimo! – exclamou Jurema. – A Casimira vai gostar de conhecer você.

A cabeça de Atavino já conhecera épocas melhores. Nos últimos tempos, quantos conflitos lhe vinham enchendo as idéias! Quanta confusão! O rapaz se sentia perdido. Houvera as tentativas frustradas de sexo com Beth Ortiga, e também a visita freqüente a La Chapeleta Roja. Havia o Clube da Raça e os mandamentos que ele decerto achava certo seguir – afinal não foram mesmo os judeus, pretos e veados que botaram o mundo no pé de merda em que agora estava? E então não era justo que pagassem por isso? E para acabar, ainda havia a derradeira: que a mãe, sua própria mãe, andava de sem-vergonhice com outra mulher.

Voltas e mais voltas dava a cabeça do jovem. Aos trancos, ele tentava levar a vida como sempre, mas não estava fácil. A única atividade à qual ainda se entregava de corpo e alma era a musculação, onde despejava toda a raiva difusa que nutria não se sabe exatamente por quem. E o corpo, em contrapartida, respondia com dimensões exageradas.

Aquela noite, chegou em casa cedo e, aproximando-se da cozinha, ouviu Jurema falar para Casimira da visita que Júnior faria à avó na noite seguinte. Dali mesmo e em barafunda, deu meia-volta e subiu para o quarto, onde passaria horas e mais horas a remoer idéias desconexas.

Quando por fim o sono foi mais forte, sonhou que estava num corredor escuro, cheio de pequenas portas mal iluminadas. Na última, avistou Júnior, que lhe convidava a entrar. E assentiu. Durante o que pareceu ser horas, os dois meninos ficaram se olhando, depois entregaram-se a um sexo rápido e tenso. No fim, voltaram à mesma posição inicial, quando apenas se olhavam, e Atavino notou a moldura que contornava o outro rapaz.

Foi num susto que acordou afinal e notou a porra a lhe cobrir o abdome. Dirigiu-se então ao banheiro, lavou a barriga na pia e olhou para o espelho.

– Amanhã dou cabo da bichinha – disse ainda para a imagem refletida.

Pela estrada afora
Eu vou bem sozinho
Levar esses doces para a vovozinha
Ela mora longe
O caminho é deserto
E o Lobo Mau mora ali por perto

Já estava quase na hora de La Chapeleta fechar quando Sônia Maria finalmente chegou ao estabelecimento com a torta de maracujá que o filho havia preparado na noite anterior. Como Júnior se encontrava nos fundos da loja, Sônia Maria se dirigiu ao cinqüentão barrigudo e boa-pinta ao caixa. E logo sentiu as mãos suarem, bastando para tanto que seu Bóslei se apresentasse com a voz de barítono que lhe era peculiar.

Quando afinal Júnior surgiu, Sônia Maria e o patrão já marcavam encontro no Bingo para a noite seguinte. E foi com muita surpresa e certo alívio que o menino notou as segundas intenções do casal. O fato é que, desde a morte do marido, a mãe só fazia confeccionar arranjos e buquês, e a vida precisa ser mais do que isso, ou então não tem sentido.

Às dez em ponto, Júnior deixou a sorveteria, tranqüilizado por saber que seu Bóslei daria carona para a mãe, e se pôs a caminho da casa da avó, onde passaria a noite – já estava combinado. Tomou dois ônibus e, no percurso, pensou no andamento da relação com Jom Ueine, decidindo por fim que no dia seguinte daria um basta àquilo tudo. Havia tempos, nem o sexo era mais espetacular, pois, sabendo das deficiências do amante como pessoa, o garoto não conseguia desfrutar o mesmo prazer de antes, quando achava que tudo valia a pena, mesmo a alma sendo pequena.

Foi num misto de tristeza e alegria, então, que bateu à porta da avó. Tristeza por saber que todas as esperanças haviam dado em lugar nenhum; alegria por saber que mais esperanças acabariam por vir – afinal assim garantira a amiga Jurema. Mas enfim: não houve resposta alguma. Júnior bateu, bateu e bateu à porta, e nada. Quando já estava quase se dirigindo ao orelhão da esquina a fim de ligar para a mãe e perguntar o que fazer, resolveu tentar a maçaneta, e percebeu que a porta estava aberta.

– Vó Beth?! – gritou para a escuridão que acabava de se revelar.

La Chapeleta Roja

107

Nenhuma resposta.

– Vó Beth?! – arriscou mais uma vez.

Então ouviu um gemido vindo do outro cômodo. O menino acendeu o abajur da sala e entrou no quarto.

– Vó Beth?!

– Oi, Júnior, entra, mas não acende a luz – pediu Beth Ortiga a meia voz, com uma rouquidão de dar gosto.

– A senhora está bem?

– Um pouco resfriada, não é nada.

– Ah.

E então Júnior se pôs a discorrer sobre a semana, enquanto botava a torta sobre o console de madeira esculpida e partia dois pedaços bem-servidos. Falou do trabalho, das amigas e do curso de teatro que estava pensando em fazer. Falou da nova receita de bolo de chocolate dietético, das guirlandas que, vez por outra, ainda ajudava a mãe a criar e da chuva que o tempo prometia. A essa altura, porém, para grande surpresa sua, Vó Beth fez uma pergunta que jamais em sua vida poderia imaginá-la fazendo.

– Meu filho, você é bicha?

Júnior sentiu o ar faltar e as mãos se embaralharem. Finalmente, sentou-se e respondeu em alto e bom tom:

– Sou sim, vovó.

E sentiu o corpo debaixo das cobertas se retrair como se por tristeza.

– Não se preocupe – acrescentou então, com jeito.
– Sou muito feliz.

Mas o corpo sob o peso dos cobertores novamente pareceu se retrair.

– Vovó? – alarmou-se Júnior, ao se aproximar.

De repente, algo parecia estranho. Pois por mais escuro que estivesse o lugar, havia algo de... E então veio a

mais célebre seqüência de perguntas e respostas, que afinal nos vemos obrigados a reproduzir:
— Vó, mas para que esses olhos tão grandes?
— Para te enxergar melhor.
Júnior baixou a vista e perguntou:
— Mas para que esse nariz tão grande?
— Para te cheirar melhor.

Encucado, o menino então olhou para a boca da mulher, e já ia perguntar o porquê de boca tão grande, quando, sem querer, apoiou-se no corpo enrolado nas mantas e sentiu algo que lhe pareceu deveras familiar. Foi num repente que puxou as cobertas e viu o enorme caralho duro.

— Vovó, mas e este pinto tão grande?

Vó Beth então se pôs a chorar. Júnior correu para o interruptor e acendeu a luz, revelando o careca forte de olhos claros que, se não lhe falhava a memória, conhecia de algum lugar. O menino não entendia. Num misto de comiseração e malícia, sentou-se ao lado do rapaz em prantos e pôs-se a lhe acariciar a cabeça raspada.

— Quer se abrir comigo?

Mas não havia nada nesse mundo que fizesse o marombeiro de cacete eternamente rijo falar. O rapaz só olhava, atento, para um ponto fixo na parede bege, e mais não fazia. Por fim, porque não se contivesse em ver aquele pedaço de mau caminho pelado num quarto em que, até onde se podia ver, não havia ninguém, Júnior esticou o braço e começou a alisar o pau do outro, cujos soluços de pronto começaram a se mostrar mais espaçados.

Com cuidado, Júnior então se ajoelhou de frente para o garoto choroso e pagou um enorme e demorado boquete. Depois, tirou um preservativo da mochila amarela e cobriu o cacete do outro, pondo-se enfim de quatro.

Atavino, que até o momento permanecera imóvel, apenas deixando-se estar, viu-se então obrigado a agir e, na agitação da mente, teve dois impulsos quiçá contraditórios: o primeiro era de amar o pequeno à frente, enrabando-o com sofreguidão e depois abraçando-o até dizer chega, o segundo era de esfaquear, dar porrada, fazer sangrar, mandar à puta que o pariu... (É mesmo de admirar a quantidade de sombras que habitam a cabeça dos carecas.)

Mas na nossa história foi assim: quando deu por si, Atavino já estava deitado sobre o corpo tenro do outro, mandando ver com todo o tesão acumulado nos muitos anos de tentativas infrutíferas com as donas da cidade. E ao se encontrar perto de gozar, apertou Júnior nos braços e disse, "Me ajuda". Ao que o outro respondeu, entre gemidos: "Mas é claro."

E o resto foi assim: Júnior achou uma psicóloga para o namorado que, com o tempo, abandonou de todo as regras do Clube da Raça – embora, verdade seja dita, que às vezes escorregava e ainda se pegava dizendo coisas do tipo "Só podia ser preto" – e foi o melhor namorado com que alguém podia sonhar.

Jom Ueine sofreu muito com o rompimento repentino – pois por essa não dava e tinha para si que a coisa estava ótima para o seu lado. Com o tempo, acabaria se separando da mulher em termos nada amigáveis e virando o travesti mais procurado da praça.

Jurema e Casimira juntaram os trapos não por decisão tomada, mas antes porque um dia Jurema se deixou ficar e Casimira não reclamou – a idéia antes lhe agradava. As duas viraram poetisas de enorme respeito.

Quéli, Gilda e Sabrina têm paradeiro desconhecido. No bairro, os rumores mais freqüentes sugerem que as meninas conheceram um *bon vivant* da soçaite, chamado

Carlos, que, em troca de favores sexuais, realizara o sonho das três: de serem detetive particular.

Beth Ortiga passou uma semana em sono profundo – devido aos tranqüilizantes que Atavino dissolvera no café – e, quando acordou, acreditava ter experienciado a morte em vida. Acabou escrevendo o *best-seller* esotérico *Ó nós aqui 'tra vez*, com o qual fez grande fortuna.

Sônia Maria e Seu Bóslei se casaram em Gibraltar, vestidos de branco, em cerimônia requintada à qual compareceram todos os amigos, inclusive Aracy Arenga, que já olhava para Júnior com olhos menos duros.

Júnior e Atavino foram os padrinhos.

E que se diga: depois de penarem um pouco – porque assim é a vida –, os pombinhos foram felizes para sempre.

Convite

A vida inteira estive atrasado para sérios compromissos inadiáveis. Sempre às pressas, perdi conta das coisas que por descuido não vivi. Na pasta de couro, carregava a alma; no bolso, o relógio de corrente dourada a me guiar pelos atalhos. Sim: as paisagens mais belas, não vi.

Perdi o chá das cinco, a conversa das flores e todas as sensações do corpo. E ainda isso: o sorriso do gato, que – pudera – não retribuí. Quisera ser Alice, que descobertas experimentou com ares de estrangeiro na Bahia. Eu não: sou o coelho. Estive sempre de passagem e com ânsias de um futuro que tudo prometia.

Se ainda não for tarde, faço o convite: *e então, vamos brincar de vida?*

SOBRE O AUTOR

Márcio El-Jaick tem 29 anos, é tradutor, formado em jornalismo pela PUC-Rio, e mora em Niterói. Em 1999, foi um dos vencedores do III Festival Literário Xerox – Livro Aberto com a novela *E tudo mais são sombras*. Pelas Edições GLS, publicou "Aula de pintura e/ou manhã numa cidade", que faz parte do livro *Triunfo dos pêlos e outros contos gls*.

FORMULÁRIO PARA CADASTRO

Para receber nosso catálogo de lançamentos em envelopes lacrados, opacos e discretos, preencha a ficha abaixo e envie para a caixa postal 12952, cep 04010-970, São Paulo-SP, ou passe-a pelo telefax (011) 5539-2801.

Nome: _____
Endereço: _____
Cidade: _____ Estado: _____
CEP: _____-_____ Bairro: _____
Tels.: (___) _____ Fax: (___) _____
E-mail: _____ Profissão: _____
Você se considera: ☐ gay ☐ lésbica ☐ bissexual ☐ travesti
☐ transexual ☐ simpatizante ☐ outro/a: _____

Você gostaria que publicássemos livros sobre:
☐ Auto-ajuda   ☐ Política/direitos humanos   ☐ Viagens
☐ Biografias/relatos   ☐ Psicologia
☐ Literatura   ☐ Saúde
☐ Literatura erótica   ☐ Religião/esoterismo
Outros:

Você já leu algum livro das Edições GLS? Qual? Quer dar a sua opinião?

Você gostaria de nos dar alguma sugestão?

Impresso em off set
Rua Clark, 136 – Moóca
03167-070 – São Paulo – SP
Fonefax: (0XX) 6605 - 7344
E - MAIL - bookrj@uol.com.br
com filmes fornecidos pelo editor